美文馆

正能量●美文馆

走自己的路，
让西瓜去说吧

**ZOU ZIJI DE LU
RANG XIGUA QU SHUO BA**

心灵
正能量

主编◉王国军

郑州大学出版社

图书在版编目(CIP)数据

走自己的路,让西瓜去说吧/王国军主编. —郑州:郑州
大学出版社,2015.2(2023.3 重印)

（正能量·美文馆）

ISBN 978-7-5645-2141-7

Ⅰ.①走⋯　Ⅱ.①王⋯　Ⅲ.①散文集-中国-当代
Ⅳ.①I267

中国版本图书馆 CIP 数据核字（2015）第 006142 号

郑州大学出版社出版发行

郑州市大学路40号　　　　　　　邮政编码:450052
出版人:孙保营　　　　　　　　　发行部电话:0371-66658405
全国新华书店经销

三河市鑫鑫科达彩色印刷包装有限公司印制

开本:710 mm×1 010 mm　1/16

印张:13

字数:194 千字

版次:2015 年 2 月第 1 版　　　印次:2023 年 3 月第 2 次印刷

书号:ISBN 978-7-5645-2141-7　　定价:42.00 元

编委名单

序

　　曾和一群朋友讨论过，什么样的生活是我们想要的。我想，这种生活，首先是自由的、快乐的、令人满意的，并且能通过自己的双手演绎得精彩无限。

　　也许每个人都希望自己是幸运的，做什么事情都一帆风顺，但命运这架天平的砝码，却永远掌握在自己的手里，想要多好的生活，就应该付出多大的努力。中间多艰难不要紧，只要肯努力，总会有一条路能走出精彩。

　　但很多时候，看到别人被鲜花和掌声簇拥，很多人并不去想那掌声和鲜花背后的汗水和泪水，却总是怨恨老天的不公，哀叹自己的怀才不遇。仔细想想，没有奋斗，哪来的成功？因此，不要羡慕别人的成功，不要埋怨自己付出了却没有收获，应该静下心来，想一想，你真的为你的梦想做到问心无愧了吗？

　　我们来看看这个奋斗的"奋"字吧，上下拆开，就是"一""人""田"三个字。你想想啊，一个人在一块很大的田地里劳作，能不辛苦吗？可是，也只有辛苦劳作，才会有收获，才会有成功。任何成功都不是平白无故而来的，不是躺在家里做白日梦就能得来的，必须"奋斗"才行。"奋"是一种态度、一种气魄、一种谋略，而"斗"却是实干，是争取。

　　当然，要想成功，也并不是仅靠奋斗就行的，还要善于把握机遇，人生总有很多偶然，每次偶然也都是一次机遇，只要抓住其中一次机会，坚持不懈，就能改变自己的命运。

　　编选"正能量·美文馆"丛书，是我们响应广大读者的阅读要求，新扩展的贴近生活、贴近心灵的系列图书，也是一套教你排除负面情绪、掌控正向能量的心灵之书。"正能量·美文馆"丛书共计十卷，精选《读者》《青年文摘》《格言》《知音》等知名杂志作家最温暖人心的心灵美文，作者涵盖朱成玉、王国军、刘清山、包利民、马浩、鲁先圣、孙道荣、清心、古保祥、崔修建、侯拥华、纪广洋、凉月满天、张军霞等人。

　　这些精选的美文内容生动、充实，或出自你我身边，或源自经典案例，或来自于内心深处的思想结晶，在这些文字中，你可以感悟青春，体验爱，领略成功的魅力……

编者

2014 年 8 月

目 录

1

第六辑

结疤的地方最硬

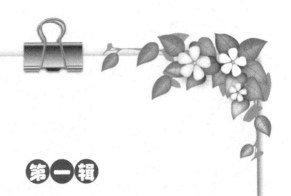

第一辑

写在水上，写进流年

隔着岁月的风尘，我更是看不清当年小晴朗写在水上的那些字，也猜不透河的那边遥远之处有什么让她去远足，可是，她写在我生命流年里的所有悲伤与欢乐、轻喜与悄愁，所有的点滴种种，都是我幸福的来源。

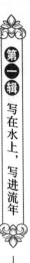

写在水上，写进流年

包利民

小晴朗被领进家门时，挂着两条鼻涕，乱蓬蓬的头发上满是白花花的虮子，给我们的第一印象，就是讨厌。在我们的想象中，一个六七岁的女孩应该是干干净净，带着甜甜笑容的，可这孩子刚好相反，真是辜负了她的名字。

一直以来，我们对家里要领养个孤儿的决定，还是抱有很大的兴趣的，也曾讨论过即将新加入的孩子是怎样的一个人，我们穷尽想象的美好，可是却被眼前的小晴朗把所有的憧憬打破。不管愿不愿意，小晴朗还是成了我家的一员。不过好在是，经过妈妈的收拾，她的外表至少看起来不像刚来时那么吓人了。

起初的时候，我们对这个变得干净了的小晴朗还是有些兴趣的，特别是我，原本我在家里最小，现在居然有了个妹妹，便极想体会一下做哥哥的感觉。可是这个妹妹实在是不配合，她似乎对我极为戒备，有一次我想摸摸她的头，她竟狠狠地挠了我的手。只有面对二姐时，她的脸上才会真正晴朗起来，一口一个姐叫得极甜。这让我们嫉妒不已，却也没有办法。

小晴朗性格怪异，少言寡语，除了二姐，我们后来谁也不怎么理会她。直到她上学后，由于二姐已经读初中，所以每天带小晴朗上学的任务就落在了我头上。虽然心里极不愿意，却是不得不为，所以只好在上学放学的路上难为她，我像老师一样考她学过的内容，若答得不对，就罚她替我提书包。可是这小丫头片子确实还算是聪明的，知道每天一早一晚要过我这关，所以竟是把所学的背得极熟练。所以也只是让她提了一个星期的书包，我就再没有这种待遇了。

有一个早晨，我见一般的问题也难不住她，就想了一个二年级的问题考她，果然，她默默地接过我的书包。心里窃喜，心想这样不出两天，小晴朗就得自己上学放学。可是没想到这小人儿竟还挺倔强，也不知她背地里请教了哪个高人，把我前一天难为她的问题都解决了，我猜想一定是二姐。虽然我每天都用二年级的题难为她，她却给我提书包提得还挺起劲儿。又过了一周，周一早晨，在路上，我依然出了一道难题，她习惯性地接过我的书包，我心里暗喜，却没想到，她提着书包，竟说出了答案。一时大窘，想把书包拿回来，可小晴朗却不给我，提着走得飞快。

从那以后，小晴朗就天天给我提书包，不管答不答得上题目。有一次，我实在受不了，就说："还是我自己背着吧，让别人看见，以为我欺负你！"小晴朗依然冷着脸，却说："我是你妹妹，给你拿书包，别人还能说出什么来？"我愕然，貌似这个妹妹从没叫过我哥哥吧。半年之后，小晴朗给了我一个大大的震撼，她让妈妈带她去学校，非要跳级，经过老师们的考核，她成功地从一年级下学期跳到了二年级下学期。有人问她那些课本都是和谁学的，她竟说："是我小哥教我的！"这让我惭愧不已，同时警惕心大起，这小丫头片子要是再跳到我们班来，我可就丢大人了。

每天傍晚，写过作业，小晴朗爱到家门前不远处的那条小河边，坐在临水的一块石头上，拿着根树枝在水上胡乱地划来划去。到底是不太放心她，我常常偷偷过去看她，怕她不小心掉进河里。发现她似乎是在水上写字，却是看不清写些什么，只有涟漪瞬间融汇在一起，随流水消散。有时她看见我过来，也不吱声，只是把手里的树枝远远地抛开，看它在河面上载浮载沉地远去。

那时，老师都让我们写日记，于是每个学生都会有一本流水账。我也曾偷偷翻看过小晴朗的日记，也并没有什么新意，虽然经常提到我，可也只是用"他"代替，让我很是郁闷。不过有篇日记让我看到了不同，因为太短了，短到只有四个字：生日快乐！我看日期，是六月十二日，不是她的生日，也不是家里任何人的生日。她的生日自己不记得了，只是把她进家门的那天当

成生日。那么,就剩下一种情况,她记得自己真正的生日,就是六月十二日!

以后的日子依然不变。每天的上学放学,小晴朗背着自己的书包,手里提着我的书包,一边走,一边思考我给她出的题。不过让我担心的事并没有发生,她没再要求跳级,这让我很是松了口气,看来这小丫头还是挺给我留面子的,要知道我现在考她的都是我自己刚刚学的东西。每天的黄昏,她依然去河边在水里写字。冬天的时候,她就在岸上的雪地上写,写一个擦掉一个,从没看清她写些什么。不过我却打了她一次,在那个夏天的午后。

那一天,中午放学时,小晴朗并没有和我同行,我以为她先回家了,可是家里并没有。于是家人全出动去找,我们住在县城的边缘,家里人都去县里寻找,怕她走迷了路。我去学校和老师请了假,又去她们班把她的书包取回。发现两个书包也很沉重,可小晴朗不知不觉地已经背了三年了。

我去了小河边,并没有小晴朗的身影,那块石头仍在那里,仿佛看到了每个落霞满天的傍晚,她坐在那里的背影。我从不远处的小桥过了河,河那边全是草地连着树林。我匆匆地跑过草地,穿过树林,也不知跑出多远,反正是累得不行,就看见前面出现了一个村子。而小晴朗就站在村子外边,一动不动。我来到她身边时,她还自己念着:"不是这儿,不是这儿!"

一见到她,我不禁大怒,问她为什么自己跑这么远,为什么逃课,她大声地对我喊:"不用你管!"我就猛推了她一下,她一下子跌坐在地上,哭起来。我一下子就后悔了,在我的记忆中,她从来没有哭过。忙上前小声说:"走吧,回家吧!"她抹着眼泪,说脚疼,我脱下她的鞋子,脚底起了好几个水泡。我背起她向回走,她伏在我背上不说话也不哭泣了。过了小桥,我已经累得满脸淌汗,我对她说:"你替我拿了快三年的书包,我背你这么远的路,咱们扯平了!"

回到家里偶然看到日历,是六月十二日,便想起了小晴朗的日记。今天是她的生日,我竟打了她!妈妈给她挑脚上水泡的时候,我跑到小河边,在她常坐的石头旁的地上,用树枝深深地写了"生日快乐"四个大字。吃过晚饭,小晴朗果然一瘸一拐地去了河边,我没有偷偷跟去。

虽然小晴朗没有跳级,却是和我一同参加了小学升初中的考试,且成绩

比我还要好，看来，想摆脱她一年的时间都不行了。此时二姐已经上大学了，我接手了她那辆自行车，每天早晨，我驮着小晴朗一起去县城的中心中学上学，晚上再一起回来。不过挺郁闷的是，如今，我们一起交流学习上的问题，倒是我请教她的时候多些。班上同学有多事的，跑去问小晴朗我到底是不是她哥哥，小晴朗的回答很绝："反正我们是一家人！"后来我那些同学来我家，看到小晴朗果然也生活在这里，才相信我们是兄妹。

小晴朗似乎比以前快乐了些，除了傍晚时在河边。真不知这日复一日，她到底和那一河流水倾诉着什么，不知她在水上写下过多少字，也不知那河流里漂走了多少她手上拿过的树枝。后来，高中时我们不在同一个学校。再后来，她上大学，我参加工作。有一年过年，她回家，我又偷偷翻看了她带回的一本日记，只看六月十二日那天的，她说她其实很快乐，她说很感谢他，还说只有他才知道她生命中这个最特别的日子。这个丫头片子，依然不管我叫哥哥。

又是几年过去，小晴朗毕业后就留在了那个城市，也经常回家。我结婚的时候，小晴朗一大早就给我收拾，把我打扮得精精神神的，才满意地点头。蓦地，她伏在我耳边小声说："小哥，祝你新婚快乐！"我一下子呆住，这么多年来，这还是她第一次当着我的面叫哥。却也突然想起，我似乎也从没叫过她妹妹！我轻轻地拥了她一下，说："谢谢小妹！"忽然就有了一种想流泪的冲动，小晴朗看着我的眼睛，笑着说："傻子，今天大喜的日子呢！"我看见她的眼里，也有泪光在闪动。

很久以后，我在小晴朗的一篇博文上看到这样一段话：我一直是幸福的，我有温暖的家，有我爱着的爸爸妈妈，有我爱着的姐姐们，还有，我爱着的哥哥！三十年的时光，早已把那六年的岁月冲散，不管那六年，是幸福也好，是痛苦也好……

隔着岁月的风尘，我更是看不清当年小晴朗写在水上的那些字，也猜不透河那边的遥远之处有什么让她去远足，可是，她写在我生命流年里的所有悲伤与欢乐、轻喜与悄愁，所有的点滴种种，都是我幸福的来源。

杏花粉，红绫红

包利民

一

每年的春夏之交，南园中的杏树就会开了满枝的花，一簇簇粉嫩，在风中轻轻摇曳。当树上的花儿开得正浓，母亲就会买来两条红绫，系在两侧的枝上，打着美丽的蝴蝶结，就像系在女孩的辫子上，分外惹眼。

起初的时候，我以为就是这个风俗，可发现别人家的杏树却从不曾系挂红绫。也曾问过母亲，母亲只是笑着说："那一树花怪好看的，系上两条绫子就更好看了！"虽然并不能使我相信，可是凝望那两条在枝丫上飘动的红绫，确实也觉得美丽至极。

从我记事起，南园里就有这棵杏树，母亲就在开花时系上红绫，我十二岁的时候，那红绫已不知系了多少年。快秋天的时候，满树的杏子便金灿灿地成熟了，我摘下那些甜美的杏子都要先送给母亲。这也是多年的习惯了，极小的时候，母亲就告诉过我，这第一次摘下的杏子，一定要给她。我也很乐意，也希望母亲能吃上第一捧甜甜的杏。到最后杏子摘光，只余满树碧绿的叶，这时才会注意到，那掩映在叶片中的两条红绫，已在风吹雨淋中，黯然失色。

有一年，杏子黄的时候，我摘下最大的那些送给母亲，母亲很是高兴，只是她望向杏树的目光，似乎很飘忽。在那个夜里，我忽然醒来，便觉南园中有响动，起身隔窗去看，淡淡的月光下，母亲的身影正在杏树下，仿佛在挖土。我悄悄出门，在园墙外偷偷地看，母亲挖了一个小坑，把日间我送她的

杏轻轻地放进坑里，然后再填上土。

第二天，我忽然问母亲："那么好的杏，怎么埋在树根下了？"母亲愣了一下，说："要想让树结出的杏子每年都这么甜，就得把先熟的杏子埋在树根下才可以！"我恍然。只是第二年的时候，我主动要去埋杏，母亲却拒绝了，说我太小，搞不清埋的深浅。

那时，我正在读《红楼梦》，看到怡红院里那株枯萎的海棠在冬月里忽然开花一回时，便很惊悚地想到，那海棠冬月不时而放是为妖异，所以凤姐送来红绸缠裹上，而我家的杏树，开花时母亲也系上红绫，是不是这树也生了妖孽？回想母亲种种怪异的举动，我不禁毛骨悚然。

当年年龄小，心里藏不住事，便把这些对母亲讲了。母亲听完，笑着打了我一下："你看书都看魔怔了，闹什么妖精？再乱说看我不打你！"

二

十四岁那年，我们家搬进了县城。离开的时候，正是五月末，杏树又已开了满枝粉色的花朵，那两条鲜艳的红绫依然在花间翻舞。母亲在树前站了许久，在我们的几次催促下才恋恋不舍地转身，却是仍自频频回望。当汽车拉着我们驶出小小的村庄，再也看不见故园，看不见那满树的灿灿，母亲竟哭了。

之前，要卖掉老宅的时候，由于我家房子大，园子开阔，所以许多人前来买。母亲不在乎别人出多少钱，只有一个条件，就是一定要留着那棵杏树。许多人不解，只有一个姓张的大伯拍着胸脯说："大妹子你放心，我知道你在意这棵树，只要我活着，它就没人能砍了！"母亲感动得热泪盈眶，紧紧握住张伯的手说不出话来。

我在一旁看很是奇怪，虽然这棵杏树比我的年龄都大，但也不至于母亲如此照顾吧？那份感情竟能深到这种程度，真是难以想象。

在县城里，是我们从未接触过的崭新生活，便极度地思念曾经的家。于

是母亲日日念叨着那棵杏树，我也不觉得奇怪，因为有时，我也很想念那棵开满花的树，想念上面飘扬着的两条红绫。就像想念自己的亲人一般，有着一种彻骨的痛与眷恋。

快秋天的时候，母亲回了一趟老家，只一天便风尘仆仆地回来了。我急切地问她老家里的一切，问院子里的那块大青石，问我常翻越的矮墙，问南园里的那棵杏树。母亲说家里一切都没变，那杏树上的杏子已经熟了，她还带了一些给我，吃在嘴里，却是觉得比哪一年都要甜。

母亲回来后仿佛轻松了许多，不再像以往那样总是若有所思。转眼到了第二年的春末，我们离开故乡已经整整一年了。母亲要回去，我也要求跟着，母亲却不同意，我恳求母亲："让我回去看看吧，我想咱们的家了，也想咱家的杏树了！"也许最后一句打动了母亲，我终于如愿以偿，再度踏上了故土。

站在南园中，看着母亲轻轻地将红绫系在枝上，动作轻缓，然后，她用手轻轻抚过那枝那花，一如轻抚着我的脸。那一刻，心中竟是涌起莫名的感动与感伤，不知为什么，或许是因为再不能生活在这个安静的院落里，年年看杏花开落。

我知道，去年秋天的时候，母亲回来，是往树下埋那些初熟的杏。

三

寒假里的一天，我在家翻找曾经的一些书籍，忽然就在一本书里发现了一张老照片。照片中的母亲很年轻，牵着一个七八岁小女孩的手，而那小女孩对于我却是陌生的。一瞬间，我似乎想到了什么，却一时又抓不住那一闪而过的念头。我坐在那里，看着照片良久，蓦然记起，以前在乡下的时候，曾隐隐约约听别人说过，我曾经有一个姐姐！

那个下午，我就一直坐在那里，看照片，直到天渐渐暗下来，模糊了那两个身影。母亲回来后，我问："妈，我是不是有过一个姐姐啊？"母亲一瞬间呆

住，直到看到我手上的照片，便接过去，深深地看着，嘴里喃喃着："真好，还有一张照片留下了，真好！"母亲泪流满面，我在她的泪水中明白，那个小女孩，真的是我的姐姐。

我竟真的有过一个姐姐！姐姐在这个世界上只生活了十年，就因病永远离开了。母亲说，姐姐是极懂事的孩子，五六岁的时候就已经能帮家里烧火做饭了。而且极聪明，还没上学就已经学会了一年级的课程。所以，在那个每家都有三四个孩子的年代，母亲便没有再生孩子。母亲笑着说："别看你一直学习很好，可和你姐比起来，差远了！"母亲虽然笑着，却掩不住她眼中深深的思念与悲伤。

姐姐九岁那年患病，从父母的神情中，她已经知道自己的病治不好了，于是央母亲去邻家讨了一株杏树苗，亲手栽在南园里。她笑着对母亲说："等有一天我不在你身边了，你要是想我，就看看这棵杏树吧！就是不知道，我能不能吃到这树上的杏子了！"母亲抱着她，忍着泪，说："傻丫头，你年年都能吃到甜甜的杏的！"

第二年春天的时候，姐姐已经不能走动了。杏树也长了一米多高，有一天，竟然开出了几朵花。姐姐很是高兴："开花就能结果，我可能真的能吃到杏子呢！"她让母亲抱着，在枝上系了两条自己的红绫子，俏皮地问："妈，你看看像不像我？"

那几朵花尚未凋落，姐姐就离开了。树上的红绫仍在随风飘扬，而院子里再也没有了那个小小的身影。那一年，杏树并没有结果，那几朵花就如姐姐一般，落后什么都没有留下。

忽然明白，为什么开花时，母亲要在树上系两条美丽的红绫，而结果时，母亲为什么要将最早成熟的杏埋在树下。那棵杏树，已成为姐姐的化身，年年陪伴着母亲，在四季的轮回里，默默地春华秋实。

看着照片中姐姐甜甜的笑脸，心中有着太多的感伤与感动，我知道，如果姐姐一直健康地活着，这个世界上将不会有我。是姐姐的生命，换来了我的生命。泪，终于落下。

而姐姐，依然在照片中笑着，发上扎着两条美丽的红绫。

四

大学毕业的那一年，母亲已经白发苍苍。她找我商量，把老宅南园里的杏树砍了吧！她说："我已经老了，再不能年年回去两次，给它扎绫子吃杏子了！我怕以后它会被别人砍掉，你张伯今年也去世了，我放心不下那棵树啊！"虽然很不舍，我还是陪着母亲回到了故乡。

那杏树越发高大，枝叶纵横，正是夏天，南风吹动每个叶片，就像喃喃的呼唤。两条红绫依然在轻舞，像欢快的脚步。母亲最后轻抚树干，就像隔着那么多时光的阻隔，抚着姐姐柔柔的发。我用一把尖锹挖周围的土，张伯的儿子也来帮忙，我们都小心翼翼，怕碰破哪怕一小片树皮。树终于倒了，母亲蹲在地上，将那些细小的根须都收集起来。

我和张伯的儿子费尽力气，将杏树用车拉到村西的河边旷野，又挖了很深很长的一个坑，将树埋下。母亲亲手在地面上堆起一个坟头，说："闺女，你不用再陪妈妈了，好好地睡吧，等睡醒了，妈妈就过去陪你了！"

姐姐去世后，因为我们当地的风俗，未成年的孩子早夭，是不准入土成坟的。姐姐的骨灰就被扬洒在村西的野地里，那时，母亲显得那么无助，如果不是这棵杏树，真不知她会年复一年地痛苦到何时。而父亲怕母亲睹物伤心，将姐姐留下的东西都烧掉了，包括所有的照片。所以当母亲看到我拿的那张照片时，是那样地激动。

我和母亲在坟前坐了许久，心里有着很深的痛与怀念。直到夕阳西下，我们才起身，母亲说："闺女，好好地睡吧！你有家了，妈以后不能再来看你了，你睡吧……"

我也在心里默默地说："姐姐，我会年年来看你的！"

晚霞将坟头染得一片粉红，如春天时枝上的杏花。

我姐姐的小名，叫杏儿。

幸福时光的断想

包利民

一

坐在疾驰的列车上，窗外是北方大地无边的寒冷，正是岁尾，腊月将尽，车厢里的人都流露出一种回家过年的期盼与喜悦。于是心底也蓦地升腾起一丝温暖，一种久违的幸福慢慢地漾开。这些年的奔波辗转，世事的风尘堆积在心上，那些清如流水的时光，竟是远不可追。

车窗外掠过一个村庄的影子，那一瞥间，积雪覆盖的房屋，早早立好的灯笼杆，每一家窗里透出的温暖，已深深印在心上。很小的时候，家也在一个酷似这样的村子，每当新年来临，心中充盈着的，是巨大的幸福。那时的家境还很贫困，可是心却是那样容易满足。可成长的过程中，当一个个渴望得以实现，却没有了幸福，甚至有了疲惫。

邻座是一位三十多岁的男人，一身农民工的打扮，他痴痴地望着车窗外飞驰而过的白茫茫大地，脸上有一种极宁和的神情。渐渐地和他攀谈起来，他一下子打开了话匣子，如数家珍般说自己家里的事，还拿出他女儿写给他的信让我看。我问他在外面打工苦不苦，他一笑，露出雪白的牙，说："在外打工哪有不苦的，可是苦归苦，心里却乐呵着呢！每年过年回家，看到家里人那高兴的样子，就觉得一切都值了。我在他们眼中，是这个家的顶梁柱，虽然在外面连孙子都不如，可我也不是为那些瞧不起我的人活着，家里人都好好的，我就安心了！"

心中很是感动,甚至震动。他的幸福如此简单,心愿又如此朴素,忽然明白,容易满足的人都是幸福的。就像童年时,一堆小石子,一颗玻璃球,都会给我带来巨大的快乐。那时的心是多么清浅,而幸福又是来得那么容易。也许,自己的心被欲望桎梏得太久,如冰封水面,感受不到阳光的温暖。

二

那一年,松花江发大水,许多地方遭受了严重的水灾。有一个亲戚家所在的村子,也被洪水冲垮。待得水撤后,我去看望亲戚,当时他正带着几个儿子在修建房屋。而在他们的脸上,没有一点灾后愁苦的神情。向他表示慰问的时候,他笑着说:"没事没事,你看,一家人都好好的,房子冲倒了就倒了,早该重盖了。人没事就好啊,有人在,啥东西都能回来!"

当时的我正处在一种患得患失的心境之中,仿佛对生活有了一种本能的恐惧,那些没有得到的,拼了命想去获得,而已经拥有的,又担心旦夕间失去。于是进退失据,心情烦乱无比。可以说亲戚的话让我很是震撼,极朴素的道理,只要有人在,一切失去的终会重新获得。而我的生活,被那些外在的东西控制得太久了,竟然失去了自我,毕竟,人活着,还要以自身为本。不能有好的心情,得到再多,也不会有幸福的感觉。常念幸福的时光匆匆易逝,也许飘逝的,只是自己感悟幸福的美好心境。

三

上大学时的一个晚上,我在校园里遇见一个失声痛哭的女生。当时看她悲痛欲绝的样子,以为发生了天大的事。便过去询问,原来她和深爱着的男友分手了,三年至爱一朝分离,使得她觉得碎了所有的美好。

当她从那份伤情中走出后,提及往事,仍会有不自禁的伤感与伤怀。在青春岁月里,总会有些猝不及防的伤害,入侵易碎的心。即便平复了伤口,

那份痛也会停留很久。直到毕业，我觉得她也没有真正地快乐过。

没想到多年以后，我竟又遇见了她，竟和她成为无话不说的朋友。她早已脱尽了当年的青涩与稚嫩，闲谈间眼中有着一种超然，回首那段前尘，她的言语之中不再有惆怅，不再有怨有恨，脸上挂着淡淡的微笑，对往事，对那个曾负了她的人，她甚至有了一份感激一份感恩。她说："多年过去，才发现那段情感曾是那样美好，时间长了，反而看得更清晰。不管结果怎样，那些幸福的日子都曾真实地存在过。对于他，也有了感谢之情，感谢他给了我那些柔情似水的日子，给了我一段美好的回忆！"

我的心于无言中感动。回想自己那些当时痛苦得死去活来的往事，竟然体会到一种悠长的滋味。是的，当我们超越痛苦再回过头来欣赏痛苦，就会有一种幸福的感觉。那是岁月酿就的美好，在你回首时，为你献上一份不期然的幸福。

四

去年，去一所残疾人学校采访。那些十几岁的孩子都坐在教室里，阳光从窗口柔柔地洒进来，每个人都平静得像祥和的小天使。仿佛都是身体健全的孩子，没有自卑，没有歧视。

我在黑板上写下一个问题：你觉得最幸福的事是什么？

一个聋哑学生站起来，用手语比画了一阵，老师翻译说："他说的是，如果能让他听见世界上各种声音，能让他亲口对父母说出自己的爱，那就是他生命中最幸福的事！"

一个盲人小姑娘说："我希望能看见这世界上一切的东西，哪怕那些在别人眼中是丑陋的，我也会欣喜和高兴。可我从出生就什么也看不见，一切都要靠手去感知，在心里去想象。对于我来说，能让我看见这个世界，哪怕只有一分钟，也是最幸福的事！"

那些孩子纷纷说着自己想象中的幸福，那是他们对自己无法触及的生

活的一种渴望。而我手中的笔却早已写不下去,这些孩子的幸福,对于我来说,都是如此地轻而易得,可我却从未把这些当成一种幸福。只知道时光流逝,而幸福的时刻是那样短暂。在那些残疾儿童简单的幸福之前,忽然惭愧得抬不起头来。

那些孩子回答完问题,在一起热烈地讨论起来,最后,他们的班长站起来说:"那些想象中的幸福,我们永远也实现不了,而我们觉得,作为残疾儿童,我们能坐在这个教室里学习,这就是我们大家最幸福的事了!"

心于感动中慢慢濡湿,他们,不但能想象未知,更能珍惜现在。眼前当下的生活,就是幸福的全部,即使有一天逝去,只要用心活在每一个今天,幸福就会不离不弃。

五

在书上看到这样一组统计数字。

据说一个人如果身体健康没有疾病,那么他就比几百万人幸运;如果身患疾病却没有生命危险,他就要比几十万人幸运;如果病魔危及生命却依然活着,他就要比十几万人幸运。

据说一个人如果不必流浪还可以填饱肚子,那他就要比5亿人幸运;如果冰箱里有食物,衣柜中有衣服,房间里有床,那么他就要比45亿人幸运。

据说一个人如果双亲健在,妻贤子孝,那么他就要比世界上95%的人幸运;如果一个人身体无恙、事业有成、亲人健在、家庭和睦,那他就是世上最幸运之人了。

也许你正为自己的身高而苦恼,也许你正为父母不给你更多的零花钱而气愤,也许你正为生活的琐事而烦躁不已,想想比你更不幸的那些人,实际上你的境遇可能还不能称之为不幸,你就会感觉自己已经够幸福和幸运的了。

是的是的,我们与幸福的距离,其实就隔着一颗对生活的感恩之心。

为自己喝彩

纪广洋

纪广磊和我同村同学同岁，可他从小就是个地地道道的苦孩子——在他不到一岁时，他的母亲溘然病逝；在他不到三岁时，他的奶奶就撒手人间；在他刚上初中时，他的父亲又患了严重的腰肌劳损，差点儿瘫了……接二连三的不幸像梦魇的影子一样尾随着他。

从我记事时起，他吃的穿的就明显地不如我们这些有爹有娘的孩子。可他在我的印象里是一个非常懂事、非常坚强又非常乐观的孩子，常常是自己给自己鼓劲儿、自己给自己找乐趣。我清楚地记着，在我们六岁那年的正月十五挑花灯的傍晚，没等天色完全黑下来，我就欢天喜地地挑着母亲为我早已买好的大花灯笼走上大街。我原以为可以抢个头筹，谁知，磊磊（广磊的乳名）已孤单单、但乐呵呵地站在大街的中央。不过，他的手中没挑灯笼，而是捧着一个用水萝卜头挖成的小油灯。小油灯里盛的不是蜡烛，而是磊磊在屠宰场捡拾的一些零零碎碎的肥猪肉……那天晚上，玩得最欢、笑得最甜、回家最晚的不是我，而是磊磊。当时因为都还小，没感觉出什么来，而今想起那一节，我的心里就酸楚楚的、眼里就热辣辣的。

而更令我难忘和感慨的是，在我和广磊一同考入初中（已不在本村，在乡中心学校）之后的一次校庆晚会上——那时，几乎全校的同学们都知道了广磊的家庭处境（我的一篇题为《广磊广磊》的作文同时登在校报和黑板报上），在晚会进行得炽热化时，一位同班的女同学（广磊现在的妻子）毛遂自荐地走上前台，说要献一首歌——为本班的班长广磊同学。但她千不该万不该，不该声情并茂地唱那首《世上只有妈妈好》。她唱得太投入了，投入得热泪簌簌……我本想阻止她，但已来不及、也不忍心了。一曲未尽，全校的同学连同在座的老师们几乎都流下心酸的泪水。我赶紧朝广磊那边挤，想去安慰他，为他送个手帕。谁知，当我终于挤到他面前时，透过我满目的泪水，我意外地发现，广磊紧抿着嘴，一滴眼泪也没有，居然还勉强地朝我笑了笑……

接下来，刚刚十几岁的广磊，就像一个久经磨难而矢志不渝的大英豪，昂首阔步地走上前台，从那位女同学手中接过麦克风，大声独白道："感谢同学们！感谢老师！不过，请你们不要为我难过，更不要为我哭泣……"他说着说着就唱起了郑智化的那首《水手》，整个会堂马上变得鸦雀无声，直到他唱到第二段时，音箱里才响起了伴奏的音乐……可想而知，老师和同学们的泪水就更止不住了。他发现这一情况后，在歌曲的停顿部分，大声独白道："亲爱的老师、亲爱的同学们，为我欢呼、为我喝彩吧！"

就这样，常年寒衣素食的广磊以特别优异的成绩读完了整个初中。可他没再接着上高中。严酷的现实生活将他过早地逼上了谋生之路、挣钱之路。我上高一时，他走上济宁市的建筑工地；我上高三时，他已熬成技术工……待那位曾为他献歌的女同学大学毕业就业无门时，广磊已坐上了一家建筑公司的头把交椅。自然而然的，她成了他的秘书，然后又成了他的贤内助。

几天前，在济南我再次见到来省建工学院短期深造的广磊。他现在不仅拥有好几部高级轿车，还拥有好几个脱产或半脱产的本科或专科的毕业证书——他在功成名就之后，仍孜孜不倦地圆着他那一度半途而废的求学梦。

在一次只有我们两个人的饭局上，他忽然对我说："广洋哥，你写写我吧……"他见我一愣，马上解释说："不是让你写报告文学那样的软广告，不是让你写我的公司，而是让你写写我、写我本人，写我的成长故事和人生态度，就像你平常所写的那些励志启智的小短文。"他看我仍沉默不语，又接着说："如今我俩都是搞建筑的，只不过，我是用砖石，你是用文字……哎，你就从

最根基写起，写咱们的童年和梦想。"

　　不知是酒喝多了，还是我太敏感了。他话音未落，我已两眼潮湿。他就说："你看，你又掉什么泪？咱们混得又都不错，想要的都有了，甚至，不想要的也有了。"我就说我是高兴的。他说："高兴就对了，无论什么时候、什么情况下，都应学会为自己高兴、为自己喝彩！"

听从心灵的声音

薛俊美

每日里，来去匆匆，却不知忙些什么。穿梭在烦琐冗杂的事务中，窒息到崩溃的边缘。直到有一天，看到这样一句话：静静地坐着，什么都别做，春天会来，花儿会开，蜻蜓正悄然立于荷尖，只有风儿轻轻吹。

原来，一朵大山背阴处的蓓蕾，是不可能得到暖阳和春风俯瞰的；一枚秋天的落叶，只能眷恋和回味春日的葱茏和萋萋；一个怨天尤人、悲观叹息的人，是不会有柳暗花明的惊喜和种豆南山下的怡然自得。

听从心灵的声音，那是滂沱大雨、浩荡风雷后的青翠欲滴，那更是风轻云淡、阴霾散去后的青山绿水和疏淡有致。

唯有清风阵阵，弹响爬满喇叭花的竹篱笆。那些姹紫嫣红，那些缤纷花瓣，那些淡淡泛黄的老银杏树下落叶婆娑，深夜一巷桂花香满小城。

恍惚间，听得古人咿咿呀呀在弹唱着凄美幽婉的曲子，歌词一句一句美艳惊人，飞入耳畔：花红叶绿草青青，桃花艳，李花浓，杏花茂盛，扑向人面的杨柳飞满城啊……人生繁华如梦啊！

窗外，蜿蜒藤蔓爬满矮矮的墙，幽幽绽放时光的青翠和碧绿，丝丝缕缕的阳光透过窗棂，悠悠弥漫在翻开的书页上，生怕惊扰了烦心的我，只静静地洒落一地金子。

一阵风裹紧了我，让我体味到繁华落幕后的清凉与清静。这一刻，分外典雅和诗意，甚至可以闻得到栀子花的清香，淡淡袅袅氤氲在空气里。

欣赏李渔在《闲情偶寄》中的那一句话："闲，是一种态。"

于是，在热闹过后，在烦喧间隙，在纠结之余，慢慢学会打开心扉，让干

净又温暖的阳光洒满庭院，看一株花开，听一声鸟鸣，嗅一嗅小径上花瓣的清香。把自己想象成一粒春天的种子，任唐朝润如酥的小雨缓缓滴落，听凭宋朝的风从远古浩浩而来，嫩芽破土而出，伸展青翠欲滴的萋萋藤蔓，长满时光的竹篱笆，听岁月的小鸟啁啾出每一个日出和黄昏。

这样的心境，闲适清雅，像一个吸盘，将我牢牢吸附，宁愿停下来，慢下来，闲下来，也不愿辜负了这杏花开了梨花开的大好时光。银杏叶黄了又枯，枯了又落，落了又萌，萌了又绽满葱绿。多少个日子，就这样翻滚着走远了，再也不肯回头。

什么都不用说，什么都不必说，我爱上了这风月洒然的浅浅青黛，这吉光片羽里的泓泓秋水。有风穿过树林轰响，洒落一地的花瓣雨。我就这样伫立于某一日的黄昏，静赏叶上的蝴蝶飞舞出人生的悲欢离合、阴晴圆缺，生活驾着南瓜马车呼啦啦向前奔去。

心中只有一句：美好发现，永远不晚。

内心深处，已悄然扎下一颗心莲的种子，长成一池的莲花灿灿绽放。含苞的蓓蕾，烈烈的花瓣摇曳，清香、淡雅和神清气爽聚拢而来，我终于知晓自己想要的到底是什么了。不为名利，不愿高官，不做心奴，只愿在这个纷繁复杂的世界上，不会迷失了自己的本心。只愿在自己的世界里，静静绽放，悄然吐芳，行走时能香风细细，坐下时嫣然百媚。我心足矣，足矣啊！

听从心灵的声音，把心安定下来，放松，放松，再放松，让叮叮咛咛的小木鱼敲响内心的钟，唯有静下来，闲下来，慢下来，才会聆听到心灵深处传来的那些细微和悦耳的天籁之音，才有可能看见和感受到人性的美丽和光辉，正所谓心美一切皆美。

就这样，一朵一朵清雅的小花，悠然开放在我心灵的原野，让我的心湖缤纷成一片花海，它们在绽放着最真实的自己和最纯洁的样子，我们又何尝不是呢？在生命不同的旅段上，变幻着不同的颜色：葱绿，桃红，粉蓝和浅紫……摇曳生姿，又顾盼生辉，让我生命的底色永远都是一簇簇桃红柳绿，烦恼和挫折早已销声匿迹，此刻我拥有的，正是一个春暖花开的好时节。

心中常念明朝僧人无愠的一句诗:"闲到心闲始是闲。"人生有此时,彼时;此处,彼处;此情,彼景。只缘心里种下了那株属于自己的花,寂然喜欢,天天都是潺潺的小桥流水,伶伶的空谷松籁,弥漫在空气里的都是春日迟迟的气息,心就空了,静了,醉了,美了。

缀在枝头的是繁花,送到耳边的是清泉。此刻与这一心境绝配的歌曲,当数非洲的那一曲儿歌:小鸟儿一叫,我们就起床,树上的野果是最好的干粮,骑着那大象四处去游荡,去寻找那传说中,传说中的宝藏……

当梦中的某一刻在古老的银杏树下相逢叙旧,细数别后的风尘,彼此道一声流年似水,沧桑成梦。

听从心灵的这一刻,心可容纳世间万卷书,万千事,万种人。静赏世间繁花纷纷开且悄悄落,一支支落在慧心里,感与应俱在,心与境两忘矣。追求生命的本真之所在,如此曼妙温暖的人生,化作举手的摇曳生姿,投足的潋滟动人,只唯它清香透入心来。

闭窗听心雨,独树看云岫。听从心灵,温暖自知,身上无病,心上无事,春鸟便是笙歌,余心向往之。

爱情公式

积雪草

　　遇到他那一年，是上高中吧！他从外校转学过来，第一眼看见她，便傻傻地瞅着她看。她跟一帮同学在说笑，一转头，看见他傻子似的盯着自己，忍不住笑了："喂，刘大伟，你看什么啊？我脸上结出大米了？"

　　同学们一阵哄笑，他窘得不知所措，脸一直红到耳朵根，小声嘟囔："你长得好看，我多看两眼又不犯法。"

　　考大学之前，他曾偷偷地问过她："你准备报考哪所大学？我们一起。"她笑，恶作剧地说："我的成绩那么烂，考上哪儿算哪儿。"他一再追问，她才故作神秘地说："别告诉别人，我打算报上海交大。"得此信息，他如获至宝，美滋滋地去了。

　　转眼高中毕业，同学们风流云散，她考上了北京一所心仪的大学，他去了上海，一南一北，从此再无交错。

　　大二的时候，她开始恋爱。青葱岁月，栀子花一样清新和美丽，怎能辜负如此华年？

　　他叫林枫，是个有名的校园作家，自负、洒脱、才气纵横。在图书馆借阅的时候，首先映入他的眼帘的，是她穿着草编凉鞋的纤美秀足，他埋首于书桌上，顺着那只趾甲上点点落红的脚，一路看上去，他开始心慌气短。

　　他花了很多心思追她。他的家境好，小说卖得好，因此有闲钱给她买小礼物。

　　周末晨昏，她和他牵着的手，终于成了校园里一道耀眼的风景。

　　也是那个时候，她居然在校园里遇到高中时的同学刘大伟，她有些吃

惊,问他:"你怎么会在这里? 如果我没有记错,你该在上海啊!"他惊喜地说:"我是去了上海,念了不到一个月就退学了,复读之后考到这里,比你低一级,是你的学弟。"

她笑颜如花的脸忽然就笑不出来了,笑容僵硬地凝结住,这个人,真的很傻很天真,自己的一句玩笑话,他竟然用了一年多的时间才把这个谎画圆。

她还是戏弄他,并没有因此而改变。她和才子林枫一起去图书馆看书,他会提前跑去给他们占座。她和才子一起去影城看电影,他会提前跑去给他们买票。他不介意当他们之间的"第三者",当他们之间的陪衬。可是她却是介意的,让他去校门口那家冷饮店买绿豆沙冰,他当真颠颠地跑去买,路途远,沙冰化成一摊稀水,顺着指间滴滴答答……

快毕业的时候,她忽然得了一种怪病,掉头发。满头青丝,只一两个月的时间,便掉得所剩无几,美丽的容颜因为少了那些秀发,暗淡了许多。再也看不到她和才子十指相扣,走在校园里。林枫说他要闭关写小说,不能再荒废时间了。她心里明白,这些都是借口。

她开始近乎自虐地照镜子,不停地照,然后再把那些小镜子摔成碎片,一地的碎片像他们的感情,再无回天的可能。

林大伟跑去安慰她,给她买了有绒线球球的帽子,她抓起来,一把扔到楼下,压抑了许久的情绪终于爆发:"你嫌我还不够丑啊? 买小丑一样的帽子给我戴,以后不要再让我再看到你……"

毕业后,她去了一个偏僻的小城,那里没有人认识她。她的头发依旧没有长出来,她试过很多药,都没用,她有些绝望。

长裤换成了裙子,长靴换成了细带凉鞋,终于在公司门口,看到了那个很傻很天真的刘大伟。他提着箱子,臂弯里搭着衣服,一身的倦怠和尘土,很显然,他经历了长途的旅行之后,才到达这里。他笑说:"我无家可归,你收留我吧!"

那一刻,她有他乡遇亲人的感觉,把头抵在他的肩上,无声啜泣。一个

人挣扎的太久，终于有一个肩膀可以依靠一会儿。

他带她到处求医，听人说生香榧子、核桃治落发效果好，他千方百计地买回来，制成洗发水给她用。听说柚子核治落发有效果，他就去超市买了一大堆柚子，然后不停地吃，吃到肚子疼。她说："不至于吧？"他傻笑，很天真地说："取核是为用，但也不能糟践了好东西。"

秀发终于重新回到了她的头上，她开心得喜极而泣，拉住他的手说："我们结婚吧！"想不到他摇了摇头拒绝了，天真地说："等你心甘情愿想嫁给我的时候，我再娶你！我不想乘人之危。"

两年之后，她去北京出差，遇到一些同学，也遇到那个颇为自负的才子。此时，她早已不再是大学毕业前那个仓皇落魄的丑小鸭，而是一个风情万种的女郎，一头浓密时尚的短发，耳朵上闪闪的耳饰，眼眸如水。才子奔过来，拉住她的手说："你也太狠心了，一走了之，连个消息都不给我。"他抵着她的耳朵缠绵："想死我了！"她对他颇有些暧昧和调情的话语，掷地有声地回了一句："请自重！"

离去的时候，她想起那个很傻很天真的人，一句玩笑话，害得他南下复又北上，折腾了一圈，耽误了一年。她要吃沙冰，他像捧着珍宝一样捧着化成一摊稀水的沙冰。她去北京，他也跟着去北京。她去小城，他也回小城。她说什么，他信什么。

他不傻，他也不天真，都是一个爱字害得他乱了方寸，这样的男人不嫁，还等什么？

爱情里，没有什么道理可言，爱情不等式，也许就是最好的爱情公式。

那么坚定的爱，那就用力爱

王国军

那时，我还小，他很穷。身材佝偻的他从来都是别人的笑料。只是，他从没自卑过，每天展现在他脸上的，是一张自信的笑脸。母亲说，他是一个天不怕，地不怕的人。母亲来到这座城市时，遭遇抢劫，是他收留的，于是，母亲便顺理成章成了他的妻。

只是他的盼头没有多久，我刚学会说话的时候，母亲就跟人走了，他认为靠他的能力能养活我，能给我幸福的生活，于是他坚持留住了我。

5岁，我没有喊他爸爸，我只会坐在他矮矮的、骆驼一般的身体上，驱赶着他朝前爬，我小小的脸上尽是笑容。

9岁，我依然没有喊他，说实话，我从心里是鄙视他的，学校每次要召开家长会，我都说我父亲在浙江打工，一直未曾回来。即使他坚持来接我，我和他也保持一条街的距离，有时，我在想，也许，那是我们一辈子无法跨越的距离。

12岁，我长得和他一般高了，我不再相信他能给我美好的生活，我甚至羞耻于正眼看他一眼。在我眼里，这个卑微、丑陋、矮小，并且最终沦落到拾垃圾来养活这个家的男人，没有资格做我的父亲。

我考上大学那年，是父亲最风光的时候，他逢人就说，他的儿子学习如何了得，对他又是如何孝顺。他试图把腰杆挺得直直，尽管生活的压力，早把他的身体磨成了一座拱桥。他却不知道，当电视台来采访我时，被我拒绝了；当报社来找我时，也被拒绝了，那一切，只因为憎恨家里那个卑微而丑陋

025

的男人。

大学四年里，我只回过一次家，我总有太多的借口可以使唤，而他总是那么容易满足，甚至连在电话里明显表现的不满，他也毫不在乎。

突然接到他的电话，是在我住院后，本不想告诉他，但昂贵的医药费，让我没了方向。他却在电话里，一顿责怪："这么重的病情，怎么能不治呢，你也真够傻的，为什么不早点告诉我，让我好去照顾你啊。"他提出要来北京，被我拒绝了几次，最后他急了："孩子，你可以讨厌我，但你不能阻止我爱你，明白吗?"是的，我无力阻止他，唯有默然。

他就住在医院的附近，他说这样，一来方便照顾我，二来也可以找份工作。但他很少在人多的时候来医院，也许是他意识到自己的自卑，也许是他忙得没时间过来。

他来后的第二周，我好多了，心里忽然想去看看他，来到他所住的地方，狭小的空间里，除了一张床外，已几乎摆不下任何东西。不知道是北京的冬天太冷，还是被子太单薄，我躺在床上，抖得连打冷战。

知道他的消息，是在晚上七点半的新闻节目中，电视里说一家酒店起大火了，旁边的一些打工者自告奋勇来救火，有一个人被烧成了重伤，记者拍摄到了伤员出来的画面，他的全身包满了纱布，只有眼睛露在了外面，我认识那双眼睛，那双深邃而又充满自信的眼睛。

我连夜赶去医院，因为抢救，我没能进去看他，被他抢救出来的一位女性紧紧抓着我的双手说："你有一个伟大的父亲，我为你自豪……"

再次见到他，是在两天后，他终于转危为安。很多人都带着鲜花来看他，不知道为什么，那阵子，我唯一能补偿他的，就只有无休止的眼泪，是为了那年少无知的轻狂，也是为了我自惭形秽的虚伪。

他说："看着别人都有电脑，我也想给你买一台。所以我只好拼命干活。"

他又说："本来我领了工资，就想过来喊你一起去电脑城。在路上，我看见一家酒店起火了，我无法控制自己，结果……对不起!"

　　他接着说："我知道这些年，你一直都不喜欢我，讨厌我，我一直都在努力，我希望能让你改变对我的看法，我希望能做一个合格而称职的父亲，我能如愿吗?"我点头说："你一直是个伟大、称职的父亲，是我错了，这么多年来，我一直都没读懂你，对不起!"

　　他笑了，热泪却从眼角边滑了下来。

　　他紧紧握着我的手，他最后说："孩子，我还可以像以前那么爱你吗，我能抱抱你吗?"他努力移动着身子，我拼命靠近。

　　我哭着大声说："爸，既然你爱得那么坚定，那就用力爱下去。"这么多年，我是第一次喊他。

　　我的父亲，带着微笑，在我柔弱的肩膀里，甜蜜睡去……

温暖的蓝棉衣

林华玉

十八岁时，寡居的妈妈为了我成才，托关系将我转学到了一家师资力量不错的高中。在那里，我有了一个绰号：考古专家。

那是袁刚给我起的绰号，他是我的同桌兼室友。和我一样，他也是一个脑袋，两只胳膊，两条腿，但是同人不同命，袁刚的爸爸开着一家房地产开发公司，家资万贯，有吃不尽的零食，穿不完的好衣服；而我爸爸在我十岁时就因病去世了，还留下了一屁股债。我妈妈靠开一家小裁缝店支撑着一个家，这几年随着人们生活水平提高，来裁缝店做衣服的人越来越少，妈妈的生意很不好。因为家境贫寒，我没穿过服装店里出售的衣服，只能穿妈妈亲手给我做的衣服，为此袁刚才给我起了这样一个绰号。

天气凉了，同学们都穿上了羽绒服，各种颜色的羽绒服碰在一起，组成了校园中一道美丽的风景线。而我还穿着一件绒衣，我多么想妈妈也给我买一件轻巧、时尚的羽绒服，也成为这道风景线中的一员呀！

那天，我正在学生公寓内温习功课，公寓管理员喊我："林子，有人找！"我出去一看，原来是妈妈，她手中拿着一个鼓鼓囊囊的大包裹，一看我出来，妈妈就把包裹打开了，里边是一件蓝布做的棉袄，她说："林子，天冷了，妈给你做了件新棉衣，快穿上看看合身不？"又是手工做的棉衣，我失望极了，但是看着两眼通红的妈妈，我能说什么呢，我淡淡地说："你快回去吧，别误了回程车！"说完就抱着棉袄进了教室。

袁刚见我抱着个大包袱进屋，就问："专家，你手里是什么宝贝？"说完不由我分说，就抢过了包袱，并打开了。室友们也都靠了过来，看着那件棉袄，他们议论起来,有的说:"这棉袄一定是公元前的东西,有收藏价值!"有的说:"市里的历史博物馆正缺藏品,你可以将这件棉袄捐出去!"……那一刻,我窘得恨不得找条地缝钻进去。

袁刚却没有说话,他捧着这件棉衣愣了片刻,忽然大声说:"专家,我们换一下衣服穿吧!"看着我摸不着头脑的样子,他又说:"我的意思是用我身上的羽绒服和你换这件棉衣。"说完他不由分说,就将身上的羽绒服脱下来,披在我身上,接着将那件蓝布棉衣穿在了身上。

袁刚用右手抚摸着棉衣,喃喃地说:"这棉衣真好,你看看这针脚,多密;这手艺,多好;这棉花,多温暖!"他抬起头时,我发现他的眼角竟然有亮光在闪。这个玩世不恭的家伙是怎么了?

此后,袁刚就穿着我的蓝布棉衣出入于校园,学校里有很多和袁刚生活背景差不多的公子哥,看见袁刚穿的这件棉衣合体而不失大方,纷纷问他是在哪里买的,袁刚就把我介绍给他们,说是我妈妈做的。这些公子哥也让我妈给做棉衣,这一来,妈妈的生意一下子好了起来。我内心挺感谢袁刚的,但是不知道他为什么如此喜欢这件蓝棉衣,为什么要帮我。

答案在寒假前揭晓了。那天放学后,袁刚忽然对我说:"林子,我想求你一件事!"我说:"你是对换衣服的事情后悔了吧? 我这就把羽绒服给你脱下来!"

袁刚制止住我,说:"我不是这个意思,我是想,你能不能回去跟你妈妈说一声,再给我做一条棉裤?"看着我瞪得老大的眼珠子,袁刚一脸忧郁地给我讲起了他的经历。

原来,别看袁刚现在这么有钱,可他小的时候,家里也很穷,过年都买不起一件衣服,他每年的衣服、鞋子都是他妈妈亲自给做。当时袁刚和我一样,很不喜欢妈妈做的衣服,有时甚至故意将妈妈做的衣服用剪子剪破。后来他妈妈在他十岁时遭遇车祸去世,从此他再也没有穿过妈妈做的衣服。那天他看见我的棉衣,一下子勾起了他对妈妈的思念,于是就和我换衣服来体会一下久别的、贴身的母爱。

　　回家后，我对妈妈讲了袁刚的事，妈妈的眼角也湿润了。第二天一大早，妈妈将一条昨晚用了一个通宵做的棉裤递给我，说："林子，你告诉袁刚一声：只要他不嫌弃，以后他的棉衣妈妈包了！"

　　我看着棉裤上那细密针脚，嗅着新棉花那淡淡的香味，突然想起那首著名的《游子吟》来：慈母手中线，游子身上衣。临行密密缝，意恐迟迟归……

　　那一刻，我泪如泉涌！

第二辑

输在起点，赢在终点

在人生的跑道上，不必过于在意起点的优劣。如果你不幸被上帝放在一个恶劣的起点上，不必灰心失意自暴自弃，只要你勤奋努力，只要你不怕输，只要你能一次次地从泥淖中站起来，它一定会给你不断修正的机会，让你的人生一点点地圆满起来，最终赢在终点。

凡生命之苦尽予收容

王国军

我是在街道上遇到他的，他正拿着一个麻布袋，利索地从垃圾箱里寻着他所需要的东西。老实说，他的名字我早从报纸上看到过，出于好奇心，我决定一路尾随。

两个小时后，他走进了废品站，从废品站出来，又转身走进了一条小巷子，进了一所民居。

房子不大，顶多20平方米，里面却摆满了铁床铺，五个孩子正在厨房里紧张地忙碌着，见他回来，大家都兴奋地喊郑爸爸，他微笑着和每个孩子拥抱，然后换了件干净的衣服出来。

见我进来，他先是惊讶了一下，然后说，你是不是有孤儿要送来？他又自嘲地笑，来我这儿的陌生人，一般都是来送孩子的。

我跟着笑，我和他攀谈起来，他说，他准备出去一趟，去接一个好朋友。

是你女朋友？我问。

他点点头，其实都谈妥了，她也愿意过来，只是我觉得还是跟她说清楚，我孩子多，我怕她跟着我受委屈。当然我也知道，也许没有女人愿意跟着我受这个罪，但我从来都没后悔过，我从不觉得那些孩子是负担，我应该保护他们。

说到最后，他突然剧烈咳嗽起来，有孩子马上端来水和药物，他又擦了擦布鞋，然后快步走了。

看得出，他对这次约会充满了期望，我只好在心底默默祝福他。出来时，远远地，我就听见几个邻居正在小声议论着。一个说，真不知道他是怎

么想的，一大把年纪了，为了这些孩子连自己的幸福都肯放弃。一个说，是啊，这些年，别人介绍的对象起码有十来个了吧，有好几个都愿意过来，可他呢，非得强调，接受他，就得接受那些孩子，你想，哪个女人愿意受这个罪。一说，就把人家吓跑了。哎，也只有他，才会那么执着，那么付出……

再往前走，我便看见四个孩子，手里提着一袋废品，匆匆走着。我又忍不住回到了他的住处。我说，你们爸爸病得重吗？

一个孩子低下头说，是的，很重，有时候还吐血。

我的心一紧，我说，那他为什么不去看医生呢？我看了看房间，里面贴满了明星和各种励志格言，要不是在报纸上看过他的新闻，丝毫想不出，这里竟然是个流浪儿之家。

孩子们都低着头，沉默良久，一个孩子说，我们也劝过他，但他说，只是小毛病，吃点药就没事了。

大概多久了，我继续问。

孩子们平静地说，都两年了。我们都知道他是牵挂我们，怕住院后，就没有人来照顾我们。其实，我们已经长大了，我们已经懂得照顾自己。

所以，你们每天都捡废品，赚点钱，希望能让他早点去医院。

孩子们点点头，一个孩子摊开长满厚茧的双手说，其实，这两年来，我们什么都做过，卖过报纸，做过砖工，也进过工厂。我们都知道郑爸爸是个好人，所以，大家都希望他能一生平安。

我不禁为这些孩子深深动容。临走时，我掏出一些钱放在桌子，任凭好说歹说，孩子们都不肯收，他们说，从小，郑爸爸就告诉我们，做人一定要有骨气。

我只好说，就当是借吧，等你们长大了，还得还。

孩子们送我出门，一个孩子说，叔叔，你也是个好人，你还会来看我们吗？

当然要来。我说，下次我给你们带点书来，这样，你们的业余生活就会丰富一点。

再次见到他，是在三个月后，他的三轮车上载着个孩子。

真是个苦命的孩子。他说，没了父亲，母亲又离家出走了，一个人孤苦伶仃地在街头流浪，我就把他接回来了，可是我能帮的就这么多，他的人生路还得靠他自己去走。

我叹了口气。

男人又说，我也知道这种收养是不合法的，所以每次把孩子带回家后，我都想方设法去寻找他们的亲人，送他们回去，只有无家可归的才留在身边。

所以，这些年，你宁肯自己单身，为的就是这些孩子吗？

是的。我答应过自己，只要还有一口气在，就不会让一个流浪的孩子在街头露宿。哪怕，哪怕，我一辈子光棍。

道别的时候，我忍不住深情地和男人拥抱，为他，也为那些孩子。

后来，便听到了他病逝的消息。

他叫郑承镇，山东省济南市天桥区北坦社区的居民。23 年间他收养了400 多名流浪儿童，被人尊称为"流浪儿之父"。

凡生命之苦尽予收容，这是他和我说的最后一句话，我知道，这句话是我所听过的世上最动情的语言。

眼泪这么近，背影那么远

包利民

第一次在众多人面前痛哭失声，是在多年以后，我作为一名实习教师在听别的老师讲课的时候。当时那个老教师讲的是朱自清的《背影》，听着听着，我竟失控地哭出声来，惹得全班四十多个学生都惊愕地看着我。

我想起的是娘，是记事时就知道有着一头白发的娘。娘不是我的亲生母亲，我的父母生了我，却没有养育我。娘是村里出了名的傻女人，那是真正的傻，整天胡言乱语，连生活甚至都无法自理。据说，是她给母亲接的生，她抱着我的那一刻，竟是出奇的平静。她的脸上流露出一种母性的光晕，却是大颗大颗地掉着眼泪。那一年，娘四十三岁。

当时村里人都认为娘是养不活我的，那么傻的一个女人，连自己都照顾不了，更别说伺候一个刚满月的孩子了。可是，村里人终于从震惊中明白，有我在身边的日子，娘是正常而清醒的。她能熟练地把小米粥煮得稀烂，慢慢地喂进我的嘴里；她能像所有母亲那样，把最细腻的情怀和爱倾注在我的身上。人们有时会惊叹，说我也许就是上天赐给她的良药。

娘来到这个村子的时候就是现在的精神状态，从此便在这里停留下来，为人们提供茶余饭后百聊不厌的话题。就是在这样的环境之中，我竟也顺风顺水地长大起来，而且比别人家的孩子都结实。从记事起，最常见的就是娘的白发和泪眼。听别人说，娘以前从没掉过眼泪，自从有了我，便整天地抹泪。我也是很早就知道娘和别人家孩子的妈妈不一样，她不能和我说话，更多的时候，她都是一个人自言自语，也听不懂说些什么。她没有最慈祥的笑容，有的只是无穷无尽的泪水。我甚至感受不到她的关爱，除了一日三

餐,别的什么都不管我,任我像放羊一样在野甸子里疯玩儿。正因为如此,我变得越来越不羁和放纵。

上学以后,我并没有受到什么白眼冷遇。这里的民风淳朴,没人嘲笑我,就连那些最淘气的孩子也会主动来找我玩儿,不在乎我有一个傻傻的娘。事实上,自从有了我之后,除了每日地自说自话和流泪,娘几乎没有不正常的地方了。印象中娘只打过我两次,打得都极狠极重。第一次是我下河游泳,村西有一条清清亮亮的小河,村里的孩子夏天时都去水里扑腾,我当然也去。从不管我的娘突然跳入水里,把我揪了上来,折了一根柳条就没命地抽在我身上,打出了一道道的血痕。我那时一点儿也不记恨她,只是不明白,我爬上高高的树顶去摘野果她不管我,我攀上西山最陡峭的悬崖她不管我,我拿着石头和邻村的小孩打得头破血流她不管我,只在那么浅的河里游泳,她却这样狠打。

还有一次,那时我已在镇上读初中了。有一天她到学校给我送粮,正遇见我在校门前和一个女生说笑。当时她扔了肩上的粮袋,疯了一般冲过来打我,我的鼻子都给打出了血。我虽然不明所以,可依然不恨她。那时我已能想懂很多事,也从别人口中知道了自己的身世。这样的一个女人,能把我拉扯大,供我上学,所付出的,比别人要多千百倍。我感激我的娘,虽然我不能和她交流,可是我已经能体会到那份爱了。天下的母亲哪有不打孩子的,况且她只打了我两次!

要说娘有让我反感的地方,就是她的眼泪了。不管什么时候什么地方,只要一见到我就哭,这让我从心里不舒服。别人家的孩子一个月回一次家,当妈的都是乐得合不拢嘴,而我的娘,迎接我的永远只有泪眼。有时我问她:"娘,你怎么一见我就哭啊,不如当初你不养我了!"那样的时刻,她依然流泪不止,说不出一句话来。娘对我从没有过亲昵的举动,至少从记事起就不曾有过。她很少抱我,连拉我手的时候都没有。这许多许多,想着想着便也不去想了,娘不是一个正常的人,为什么和她计较这些呢!

在镇上上学,娘每月给我送一次口粮。她把时间拿捏得极准,总是在周

六的下午一点钟准时来到学校门口，而那时我正等在那里。她把肩上的粮袋往地上一放，看上我一眼，转身就走。我常常怔怔地看着她的背影发呆，那背影渐行渐远，她间或抬袖抹一下眼睛，轻风吹动她乱蓬蓬的白发。每一次我都看着娘的背影消失在街道的拐角处，不期然间，那背影竟渐渐走进我的梦里。

考进县城一中后，娘来的次数便少了，变成了几个月一次。主要是为了给我送钱，娘自己是很难赚到钱的，那些钱，包括我的学费什么的，都是村里人接济的。那些善良的人们，自从我进入那个家门，他们就没有间断过对我们的帮助。高三上学期的一天，刚经历了一次考试，我和一个住校的女同学一边往宿舍走一边讨论着试题。到宿舍门前时，竟发现娘站在那里，风尘仆仆的，三十里的路，她一定又是徒步走来的。她看到我还有我的女同学，愣了一下，猛地冲过来，高高扬起手，停了一会儿，慢慢地落在我的脸上，轻轻地抚摸了一下，那一刻，我的心底涌起一种巨大的感动。她从怀里掏出一卷钱塞进我的口袋里，又看了我一会儿，眼角渗出泪来，然后便转身走了。我转头对那个女同学说："这是我娘……"

那竟是我和娘最后一次见面，她在一个月后的一天夜里，静静地离开了这个世界，这一年，她六十二岁。我常想起最后一次见到娘时的情形，她用最温暖轻柔的一个抚摸，把她的今生定格在我的生命里。我考上师范的时候，回村里迁户口，乡亲们为我集了不少钱，并在小学校里摆了几桌饭，为我送行。席间，老村长对我讲起了娘的过去，这是我第一次知道娘的来路。老村长说，娘原本是邻乡一个村子的村民，丈夫死于煤井中，她拉扯着一个儿子艰难地生活，就像当初养活我一样。她的儿子上了中学后，由于早恋，成绩越来越差，任她怎么管教也无济于事。到最后，她也就不去管了，可是后来，和儿子谈恋爱的那个女生感情转移，儿子也因此退了学，整日精神恍惚。她本来觉得时间一长就好了，可是终于有一天，这个孩子投进了村南的河里，淹死了。从那以后，她就变得疯疯癫癫，家也不要了，开始了走村串屯乞丐一般的生活。直到到了这个村子，她竟在这里安下身来。

那一刻,忽然就记起了娘打我的那两次,心中顿时恍然。就觉得曾被娘打过的地方,又开始疼起来,直疼到心里,我的眼泪落下来。以后的生活中,对娘的思念已成了一种习惯,常常于不觉中满眼泪水。我在每一条路上观望,朦胧的目光中再也寻不见那个蹒跚的背影。娘当初的泪水如今都汇集到我的眼中,而那背影已是远到隔世。我最亲的娘,她的眼泪与背影,竟成了我今生今世永远都化不开的心痛。

输在起点，赢在终点

卫宣利

有两位朋友，她们出身不同，性格迥异，人生的起点悬殊：

A是出身书香世家的大家闺秀，父亲是大学教授，母亲是高级医师。她在优越家境的滋养中骄傲地成长，从小就被父母精心调教，琴棋书画无一不精。人漂亮得像个洋娃娃，又聪敏灵慧，从幼儿园开始就是所有人眼中的明星。她的少年时代光芒万丈，从小学到中学一路读下来，她的成绩不断地刷新着全县全市第一名的记录。高考时她以高出分数线23分的成绩，被清华录取。她像一颗璀璨耀眼的明星，前程似锦畅通无阻。

B家境普通，长得也普通，细眼淡眉，发黄稀疏，像乡野里不起眼的小草。她自幼母亲早亡，父亲做点小生意养家糊口，对她疏于照看。为了让她接受良好的教育，父亲举债把她送入那所重点中学，也因此使她得以和A做了同班同学。但是她生性倔强，桀骜不驯，读初二时因为看不惯老师偏待优等生和老师大吵一架，此后逃课，早恋，跑网吧玩游戏……她成了老师眼里的问题女孩，高中只读了一年就强烈要求辍学。回家后又无法忍受父亲的责骂而离家出走。

从此，她就开始了一个人在异乡漂泊的生活。在那段最灰暗不堪的日子里，她曾经住过潮湿阴暗的地下室，因为交不起房租，在凌晨一点被房东赶出来，一个人在寒风凛冽的冬夜流浪街头。写过小说，在久等稿费不至的日子里，她吃了整整两个月的清水挂面，直吃到此后看见挂面就产生心理反应强烈呕吐。在小饭店打过工，每天洗菜刷碗端盘子，一双手被劣质的洗洁精泡得密密麻麻全是炸裂的血口子，如此辛苦，也只能填饱肚子。后来，她多少攒了一点钱,开始自己摆地摊卖袜子,曾被城管追得满街跑,也曾被不良的供货商欺骗……

彼时,A 在环境优美的大学校园里,安闲舒适地读书,开始浪漫甜蜜的恋爱,毕业后继续考研,不久后又被父母送出国。出国前,她和男友分了手。一年后,在如诗如画的浪漫之都巴黎,她再次邂逅了自己的王子,一个俊朗优雅的翩翩公子。她在最丰美的季节结婚,生子,此后便安心做全职太太相夫教子。她的人生圆满如意,一切都按部就班水到渠成。

而 B,就像上帝故意要造就一个励志姐,所以让她经受了格外多的坎坷和折磨。她开小店,开大店,开连锁店,她的事业磕磕绊绊几经周折,总算一点点地有了成功的模样。却又在一次金融危机中被骗破产。可她不折不挠,从头再来。在最落魄的时候,她每天夜里都会忽然从梦里惊醒,她害怕自己住的那套 60 平方米的小房子,会因为还不起贷款而被扫地出门。

她的婚姻也同样一波三折,数次恋爱无果,30 岁才结婚,不到两年老公出轨,于是果断离婚。去年,在她的第 5 家连锁店开业的同时,她第二次迈入婚姻的殿堂。婚礼上她笑颜如花,自得意满。这一年她 35 岁,她不再是当年那个青涩叛逆一无所有的女孩儿了,她成熟练达从容自信,岁月的风霜却并未在她的脸上留下痕迹,反而愈加光彩照人别有韵味。她身边的男人笑容醇厚,对她呵护有加。

同是这一年,在广州的订货会上,B 意外遇到了回国发展的 A。多年未见,憔悴黯然的 A 令 B 诧异不已。在咖啡馆里聊起来才知道,A 与外籍老公因对方家暴而离异 5 年,所生一儿一女的抚养权皆被前夫夺走。她走投无路唯有只身回国,现在一家私营企业做管理。繁忙的工作,对孩子的思念,前途渺茫孤苦无依,内忧外患令她身心俱疲,当年的风采早已不复存在。

一杯咖啡喝到最后,两个女人都感慨不已。人生是一条漫长的跑道,她们曾经站在不同的起点,一个花团锦簇,平步青云;一个荆棘丛生,历经坎坷。然而当她们经过各自人生的历练之后,最终的结局却出人意料。

所以,在人生的跑道上,不必过于在意起点的优劣。如果你不幸被上帝

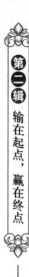

放在一个恶劣的起点上，不必灰心失意自暴自弃，只要你勤奋努力，只要你不怕输，只要你能一次次地从泥淖中站起来，它一定会给你不断修正的机会，让你的人生一点点地圆满起来，最终赢在终点。

穿囚服的妈妈

张军霞

奥哈拉很不幸，在他9岁那年，父亲因病去世。他只能和母亲安娜相依为命。为了供奥哈拉上学，母亲四处找人打零工，吃尽了苦头，日子仍然过得拮据。奥哈拉不怕吃苦，他怕的是别人异样的目光和嘲笑。

每当奥哈拉和同学之间有了冲突，他们总会这样骂他："你真是个烂货，和你的妈妈一样！"每逢这时，奥哈拉总会冲过去，把对方打个落花流水。于是，时常有人跑到家里来告状，每一次，安娜总会对人家点头哈腰道歉，然后流着眼泪问儿子："为什么要这样？"

奥哈拉坚信母亲是清白的，他不能告诉她自己打架的原因。每次打完架，他只有发疯般跑到树林里，用力击打树木，直到双手变得鲜血淋淋才肯停下。仇恨的火焰，在他心中熊熊燃烧着，在19岁那年的夏天，终于爆发。

那天，奥哈拉生日，他约了几个朋友在家里聚餐。就在这时，邻居家的安拉从窗外路过，他一向总喜欢欺负奥哈拉，这次也不例外，居然在众目睽睽之下，故意吹着口哨，跑到奥哈拉家窗前小便。

"你这个混蛋！"奥哈拉拿起切蛋糕的刀子冲了过去，对着安拉一阵乱捅，安娜急忙阻拦也无济于事。瞬间，安拉倒在了血泊之中……

幸运的是，经过医生抢救，安拉脱离了生命危险，奥哈拉最终被判刑入狱，将在铁窗中度过15年的囚犯生涯。本来，暑假之后，奥哈拉就要去上大学了，他希望尽快完成学到本领，早日回报为自己辛苦劳累的妈妈，没想到，因为一时冲动酿成如此大错，绝望透顶的他，开始在狱中绝食，只求速死……

就在奥哈拉绝食到第三天时，管理员忽然通知他有人探视，他知道一定是母亲来了，也好，就算见最后一面吧，自己这样的儿子，真是为她丢尽了脸。可是，让奥哈拉万万没想到的是，母亲居然和自己一样，穿着一套囚服，身后还站着看押她的人！

"妈妈，为什么？"不管自己受多少苦，从来都不喜欢流泪的奥哈拉，只问了这一句，就哽咽着说不出话来了。

"因为你们打架的事情，安拉的母亲找上门来复仇，她手里拿着一把刀，因为恐慌，我把刀夺过来掷出去，却正巧把她刺伤了……所以，现在，我和你一样成了囚犯。儿子，我不想活了！"安娜失声痛哭起来。

"不，妈妈，您必须活着！"原本无比绝望的奥哈拉，看到母亲脆弱而无助的样子，顿时心如绞痛，他忽然想到，自己必须成为支撑她活下去的力量。

得知母亲就在距离自己不远的另一个女子监狱服刑，奥哈拉和她约定一起好好服刑，争取早日重新团聚。从此，奥哈拉像变了一个人，他坚持自学大学课程，每周都给母亲写信，汇报自己的情况，并再三鼓励她要有勇气面对一切。

因为表现积极，奥哈拉在服刑一年之后，就获得了减刑的机会，监狱方面还特批，允许母亲前来探视一次。奥哈拉发现，仅仅一年的时光，母亲就憔悴了很多，刚满40岁就有了白头发，想到这一切都是因为自己引起的，他更加愧疚："妈妈，对不起！我会更加努力的，您也是！"安娜紧紧握着儿子的手，用力地点了点头。

10年之后，奥哈拉终于刑满释放，他迫不及待地打听女子监狱在哪儿，想要赶快去探望母亲。不料，打听了半天，得到的消息却是，当地根本没有什么所谓的女子监狱！这到底是怎么回事，母亲去了哪里？怀着郁闷的心情，奥哈拉回到自己家的老房子。远远地，他就看到晾衣绳上晒着衣服，厨房里飘出饭菜的香味，客厅里甚至摆着鲜花。

"亲爱的，欢迎你回家！"奥哈拉正在疑惑，却看到母亲笑吟吟地从厨房里走出来。"您不是在女子监狱吗？"奥哈拉疑惑地问。安娜转身，从衣柜里拿出一套囚服说："从今天开始,它终于完成任务了。亲爱的,安拉的母亲从来没有找过我,当然,我也不曾刺伤她……"

原来,得知奥哈拉入狱之后绝食的消息,安娜心急如焚,她知道自己无法说服倔强的儿子,想来想去,只好请求监狱的管理员,让自己也假扮成囚徒……对了,我穿着囚服的样子,是不是特别难看?

奥哈拉紧紧地拥抱着安娜："不,您是最美丽的妈妈!"

你是我的木棉花

王国民

一

看着小美一针一线地缝补着破损的衣服。子硕忽然感动起来，尽管他的心里并不爱这个女人。但他知道,她却是爱他的。

那一次,上班途中,他遇到了一辆翻车的旅游大巴,去救人,却不想被反向行驶的小车撞倒了,他住进了医院,她就在医院照顾着,整整半年,不离也不弃。

朋友们都说,能娶如此娇妻,是他一辈子修来的福气,他也觉得是,所以,他对她出奇得好,房产证上是她的名字,车主是她的名字,所有的存款也都交给她打理。

当然这种好并不等同于爱,有的只是感激。

灯光底下,子硕忽然心虚起来,他怕小美那明亮如烛的瞳子能洞穿他内心的秘密。他不敢正视她,只是轻挽着她说,夜深了,睡吧。

关灯,他像鱼一样爬了上去,却在黑夜里轻声梦呓着另一个人的名字——露儿,那是他一辈子都无法忘记的人,他的初恋,他追了七年的女子,他以为能和她天长地久,却最终还是分道扬镳。

有的时候,他真的憎恨这现实,可是有什么办法呢,谁叫他没钱,没办法让她过上幸福的生活。

这样想的时候,他整个人就像泄气的皮球,滑了下来。再看小美,正闭

目在享受着爱情的滋润。其实，子硕也知道，他从没对她说过什么甜言蜜语，有的只是一句淡淡的问候。他觉得自己愧对着小美，不爱，却又拖着她一生一世。世界上最无耻的男人莫过于此。

他轻轻唤她的名字，没反应。对于女人，在她最喜欢的男人面前，总是容易沉醉。子硕默默关注了她半天，认识这么久，他还是第一次如此近距离看她，虽说不上花容月貌，就像那半空飘洒的木棉花一样，让人感觉舒适和温暖。

子硕悄无声息地下床，来到书房，打开电脑，邮箱里静静躺着他写给露儿的1000封情书，这几乎是每一个周末都必须做的事情，每次他都会看得稀里哗啦，为自己，也为这些从来没得到回复的信。

10年前，为了露儿，他放弃了自己的高薪工作，来到另一座陌生的城市打拼，他以为他的真心，能换来一份天长地久的感情，可露儿最终还是离开了他，只因他的贫穷。

露儿说，她希望找个条件更好的人，毕竟，婚姻这条路，很现实。

他不能接受她的不爱，那段时间，他消沉到了极点，人也整整瘦了一圈。他用了整整三个月的时间，每天给她写信，一天三封，可露儿终究是没有回他。

二

三个月后，子硕才逐渐恢复元气，辞了职，决定去越南旅行。那是在木棉花开的季节里，子硕在途中遇到了小美，两人便结伴而行，吃饭，购物，散步，便渐渐熟稔起来。回国的时候，子硕突然说，小美，我们闪婚吧。

足足沉默了半个小时，小美说，你真的决定好了？

子硕重重地点点头。其实，他只是需要一段婚姻来让自己重新开始。他怕，以后还沉沦在对露儿的思念里而无法自拔。在这之前，也有人给他介绍一些城市里的独生子女，他从内心里鄙视那些一见面就关心对方工作和

房子的物质女人，他需要的只是一个过日子的。

比如小美，来自农村，却在城市里打拼，上进，性格文雅，举止得体。这些，都是他所需要的。当然，露儿也是，只是这个城市里生活了太久的女人，早已染得一身的铜臭味。

子硕是一个想到便会做到的人。第二天，他和小美去办了结婚证。婚礼是在一个月后办的，也没请多少人，就双方的家长和朋友。

小美说，结婚只是一种形式，关键是要好好过日子。这话，他赞成。

结婚后，子硕搬到了小美所在的城市，进了一家外贸公司，做业务员。凭借他的能力，很快站稳了脚跟。除了出差，子硕每天都会准时回家吃饭，然后就是一起去散步，偶尔逛一下街。

子硕很喜欢这样有规律的生活，他不希望自己的婚姻生活出现什么意外，当然这只是他的想法。不久后，子硕代表他的公司去北京投标，在会场上，他竟然与露儿不期而遇。

那一直都是他所不愿意见到的，两个人，居然要为了一个标而分个你死我活。

茶馆，还是露儿先开的口，那次，谢谢你来救我，要不然，我早和我老公命丧黄泉了。她特意用的老公这个词，在子硕听来却是那么刺耳，如果不是那阔佬，他和她应该是一对令人羡慕的神仙眷侣了。只是都已经过去了，虽然在结婚后的几年里，子硕经常期待能和露儿有再次邂逅的机会，可是真正一旦遇上了，并不是想象的那般激情。

露儿说，老公对她很好，很宠她，也会和她结婚。当然，当然这种等待的时间也许要三年，十年。但人总是因为有希望才能坚持下去啊。看着露儿一脸幸福的样子，子硕不忍心打碎她的梦想。他提起包，站起来，说，累了，我先去休息。

露儿突然拽他的手，子硕，我知道你很好，我也很自私，这次的标，对我和我老公都很重要，我希望你能帮我，我没什么能报答你的，今晚，就让我陪你吧。

子硕轻轻推开她的手，说，露儿，我不是贪图你的身体才对你好的，那是爱，你懂吗？

子硕最终还是输掉了那场投标，只因露儿。回来后，子硕被公司上层狠狠批评了一顿。接下来，也许是运气不好，他在工作上接连出了两个错误，和领导的关系也越发紧张。子硕想自己单独干了。其实，开公司一直是他的想法。为了不被露儿看不起，也为了这个家，为自己。

回家一商量，小美举双手赞成。小美就是这样的人，她也不问他为什么要开公司，但只要他喜欢的，她从来都是支持的。难怪算命的说，有她这样的贤内助，将来他的事业一定会大红大紫。

经过三个月的筹备，子硕的公司正式成立了，凭借以前的人脉关系，子硕很快接到了几个订单。那段时间，子硕天天以公司为家。每天晚上，小美都端着煲好的鸡汤送到公司。

子硕的公司慢慢地走上正轨，他开始琢磨着进一步壮大公司。机会终于来了，有一家国外公司的产品准备进军国内市场，如果能拿下，那对公司的发展是个绝好的机遇。但一打听，和这家国外公司联系的公司有很多家，最后只好竞标。

子硕带着他的团队，赶到北京。没想到，再一次遇到了露儿。一年不见，露儿明显比以前发福了，所不同的是，她眼里有着淡淡的忧伤。露儿请他吃饭。和他碰杯，露儿说，听说你成立了一家新公司，真值得为你庆贺。可是，子硕，能再帮我一次吗？只要这次中标了，他就答应我，和我结婚，求求你了。

子硕离开时说，露儿，对于你来说，这次中标没成，你还可以等下次，可是我就不同了，我是小公司，这次投标对我来说，意义非常重大，你明白不？

但子硕最后还是输掉了那次投标。他放弃了最后一次举手的机会。子

硕恨自己，为什么对露儿狠不下心来。

回到公司，子硕狠狠抽了自己几个耳光，接着又跑到酒吧里大醉了一场。等他醒来时，已经躺在家里的大床上，小美正用温水给他洗脸。小美说，有什么事情想不通，非得那样糟蹋自己啊，不就是个标吗？公司垮了还可以再办，可人没了，再怎么着也是白搭啊。

子硕忽然挣扎着坐起来，小美，老实告诉我，我是不是做生意的那块料？

小美笑了，做生意都是从这一步开始的。有低潮才会有鼎盛之时啊。说着，从身上摸出本存折，说，我能帮你的就这么多了。

子硕连忙说，我不能要你的，这可是你的养老本钱。

小美抓着他的手说，都一家人，我不帮你，谁还帮你啊。

不知怎么，子硕突然觉得一阵心酸。

四

半年后，子硕的公司开始盈利。为了感谢小美，他决定带她去旅游，去什么地方呢？问小美，小美说，去木棉花开的地方吧。子硕一拍脑袋，忽然记起结婚三年了，他都没送给他什么礼物。

去广州的时候，正是木棉花绽放的时候，伫立在临空怒放的木棉花下，子硕拿出条项链，坠子是一朵火红的木棉花。小美顿时惊叫起来，哇，你在哪里买的，真漂亮。正如子硕所想的那样，小美并不缺首饰，只缺他的心意。

子硕忽然想要一个孩子了，为他，也为小美。他忽然想起一个朋友说过的话，你爱着的女人跟了别人，找了个不爱的女人，得到的却是一份真正的幸福，小子，你真有福气。他想，朋友是对的，不过，朋友还漏说了一句，那就是，感情是可以培养的，他感觉自己正是先结婚再谈恋爱的那种。

没想到小美还是出事了，电话里是医院打过来的。等他赶到医院时，小美躺在病床上，医生正朝外面走。子硕连忙拦住医生，医生，我爱人没什么问题吧？

医生责备说，还没问题，都动胎气了，要是晚来一步，孩子就保不住了。

孩子？子硕惊讶极了。医生的口气更加不顺，你这个丈夫怎么当的，都四个月了，你还不知情。子硕的心里像是被掏空了一般，同床共枕三年，他居然不知道妻子怀孕，也许，他也从没好好地关心过她。

进去紧紧抓着小美的手，子硕的脸上写满了歉意，对不起。

小美说，该说对不起的是我，是我瞒着你的，我怕影响到你，再说，我也怕女孩子你不喜欢。

子硕笑了，女孩才好呢，像你一样温柔贤惠；要是生个男孩像我一样，又丑又矮，还不知道要操多少心呢。我想好了，给她取个小名吧，就叫棉儿，希望她能像木棉花一样，一辈子都大红大紫。

两个人都一起笑。末了，小美忽然鼓起嘴巴，都什么时候了，你还不给我弄东西吃，你想饿死我啊，我饿没关系，可宝宝是无辜的啊。说完，竟佯装生气地转过头去。

见惯了小美的沉稳镇定，却从没见过的她的撒娇和任性。子硕的心里一下子慌起来，忙说，我马上去给你煲鸡汤。跑到医院外面的饭店里，居然没鸡，他去市场买了只鸡，借小店的厨房，做了起来。

用保温桶带到医院里，小美喝了两口，子硕说，要是不好，我再去做。

说话的时候，手机响了。是短信，露儿说，我们分手了，他最终还是选择了他的家庭，我现在就像浮萍一样，无处可归，子硕，你愿意收留我吗？让我们重新开始，好吗？

小美说，如果你想打电话，就打电话吧，我不会介意的。子硕，我知道你之所以选择我，是为了跟过去作一个了结。我虽然替代不了你的过去，但我会照顾你的现在，并且眷顾着你的未来……

子硕的眼泪忽然流了下来，一直以为自己不会再爱，可是如果不是爱情，心就不会这么在乎。

他给露儿回信，露儿，我现在有了自己的生活，我很珍惜，我也很满足，谢谢你的信任，不过我想告诉你的是，没有爱情会在原地等你，保重。

轻轻删了号码，关机。他本来还想告诉小美，其实那次救人，并不是他遇上的，而是露儿打电话给他，才赶去的。当时露儿和"老公"就在那辆旅游大巴上。不过，这些都不重要了，都过去了，他需要的，就是好好地把握现在。

两天后，子硕和小美回到了家中，子硕还做了一件事，把邮箱里的那些信，都彻底删除了，他不需要再靠回忆取暖了，正如朋友所说的那样，能娶此娇妻，夫复何求？他们还计划等棉儿出生后，一起去旅行，去哪里呢？当然是去木棉花开的地方，子硕一直觉得他就是一朵木棉花，一辈子，都只朝小美绽放。

至于，露儿，露儿又是谁呢？

一封寄给上帝的信

张军霞

那天，像往常一样，在邮局工作的莱恩特认真地整理信件，准备开始一天的工作。他的目光习惯性地掠过那些写着不同字体的信件，忽然发现其中一个淡蓝色的信封上，在收件人的位置写着这样三个字：上帝收。

莱恩特摇摇头，感觉十分可笑，想要把它丢到一边，又出于好奇撕开了那封信，他想知道是谁对上帝如此虔诚，只见信纸上简短地写着这样几句话："亲爱的上帝，我想看小丑表演，想知道它为什么会让人发笑。请您尽可能在我生日之前回信，那样，我就可以度过一个美妙的生日了。写信人：七岁的莎丽"。

"真是天真呀！"不知怎么的，莱恩特忽然想起自己的女儿，在她很小的时候，自己为了全家人的生计，不得不常年外出做工，一年也难得回家几趟。一次，小姑娘写信给他，问能不能寄一张照片回家，因为她害怕忘了爸爸的模样。收到信的那一刻，莱恩科掉下了眼泪，他立刻跑出去买了一个布娃娃，乘坐最早的一班火车赶回到家里。当女儿一夜之间醒来，发现自己收到的"回信"，居然是真实的爸爸时，幸福得呜呜哭泣起来。直到现在，女儿还珍藏着那个布娃娃呢。

如果有人给这个可爱的莎丽回一封信，那该有多好呀！莱恩特这样想着，忽然产生了冲动，拿起纸笔，迅速地写道："莎丽，你的愿望会得到实现的，爱你的上帝。"然后，他认真地写下莎丽留下的地址，将它投递了出去。

晚上回到家，莱恩科无意中和妻子安娜聊起了这件事，并且得意扬扬地告诉，自己是如何冒充上帝的。不料，安娜十分担忧地说："你做了一件多么

糊涂的事情呀！如果这个可怜的孩子，在生日那天没能看到小丑的表演，她会有多么失望！更可怕的是，也许从此之后，她会变得没有信仰……"

"我可没想那么多！"莱恩特使劲挠了挠头发，为自己的冒失而后悔起来。突然，他又呵呵地笑了："不就是小丑表演吗？穿上滑稽的衣服，做几个滑稽的动作而已，就由我自己来扮演好了。亲爱的，请你当我的助手！"安娜想了想，认真地点了点头。

很快，莎丽的生日到了，莱恩特按照信封上的地址，找到了她的家。按响门铃儿后，出来开门的是一位神色疲惫的中年女人，她看到小丑装扮的莱恩特，表情十分惊讶。"您好，今天是莎丽的生日吧？我是专门来给她表演的。"

"妈妈，快把客人请进来，这是上帝送给我的礼物！"屋内传出一个小女孩兴奋的声音。莱恩特和妻子一起走进客厅，看到有位穿着红裙子的小女孩，端端正正坐在沙发上，显然是在期待着什么。

"亲爱的莎丽，祝你生日快乐！"按照事前的排练，莱恩特开始表演，他一会儿装成小猪，一会儿又变成企鹅，那样子的确滑稽极了，连安娜都忍不住哈哈大笑起来。等等，事情好像不对劲。莱恩特看到，莎丽还像刚才那样端端正正地坐着，脸上却没有丝毫笑容！

"我表演得不够好吗？莎丽。"莱恩特小心翼翼地问道。"我听到了好多声音，真热闹。可是，为什么我的小伙伴们都说小丑表演是可笑的，我却怎么也笑不起来呢？"莎丽皱着眉头回答。

"没什么，是我表演得不够好。我们再来试试！"说着，莱恩特又要开始，女孩的母亲小声地说："先生，您别白费劲了。莎丽什么都看不见，她天生就是个瞎子。"

"啊！"莱恩特和妻子面面相觑，不知所措。停了一会儿，莱恩特忽然兴奋地说："我有办法啦！"他走到沙发边，牵着莎丽的手，让他摸着自己身上的道具，告诉她自己要扮演小兔子，让她用手感受他动作的变化。"小兔子是这样吃东西的吗？它在跳舞？"莎丽的手紧跟着莱恩特的动作，脸上的表情越来越紧张。终于,她开心地笑起来,大声喊着:"再来扮演一次小猪吧! 真好笑!"那天,莱恩特在莎丽的要求下,表演了一遍又一遍,而这个小女孩回报他的,是愉快的笑声。

最后,莱恩特在品尝了莎丽的生日蛋糕之后,收拾东西要走了。他听到小莎丽兴奋地对母亲说:"没想到写给上帝的信这样灵验,这是我最快乐的生日!"莱恩特揉着酸痛的四肢,欣慰地笑了。

心灵的美丽不请自来

薛俊美

生活中很多的事情，常常出乎人的意料。有时候，那些微不足道的小事，如一圈圈的涟漪，带给你心灵之湖的震撼。这些心灵拐弯处的美丽，不亚于一场突如其来的飓风，风过无痕，留下的是一百八十度心灵回归的静美。

有一次，我在车站等车。嘈杂的人群，臭烘烘的味道，让我心烦意乱。到处都是攒动的人头，黑头发、黄头发、灰白头发，走来走去，我干脆扭过头，好让自己烦乱的心静下来。

邻座是一个上了年纪的女人，褴褛的衣衫，憔悴的面容，筋节突出、皮肤粗糙，一看就是来自乡村。随着眼前不时来回走动的人流，扇过她身上一股浓重的汗酸味道，我从鼻子里哼了一声，头尽量靠着椅背，闭上眼睛，眼不见心不烦，假装闻不见好了。

"姑……娘，姑娘——"

耳边传过小心翼翼的声音，我假装听不见。

"姑娘——"这次声音稍微大了，竟然还敢伴随着拽我衣角的动作。

我猛一睁眼，凶巴巴吼道："干吗干吗，吵死了吵死了！"

那个上年纪的女人，指指我的背包，拉链赫然敞开了一半，钱夹探头探脑。"我看有个人偷偷拉你背包的拉链，我……"她嗫嚅着搓手，不敢面对我穷凶极恶不耐烦的眼神。

不等听完她的话，我知道，自己刚才世俗的评判标准吓到了她，我以为她想讨钱或者装可怜什么的，从骨子里的那种鄙视让我在她的面前具有了

优越感。可这次，她让我须仰视才行。

"谢谢……哦——"这次，轮到我手足无措，脸成了火烧云。

那是半年前的一个晚上，我去外地讲公开课回校。放下包，顾不上喝口水，就往教室走去。三天了，也不知班里的学生情况怎样，遵守纪律吗？认真听老师讲课了吗？我不在家，可别捅什么篓子啊！

我的担忧，不是没有道理，我刚接手这个出名的脏乱差班还不到一个月呢，就出外讲课，心里惴惴不安着呢！

刚走上楼梯，迎面碰见政教处王主任："你们班的王鹏……"

一听王鹏的名字，我头就大了，全校有名的调皮鬼捣蛋大王渣滓生。好啊，又给我闯祸了，王主任接下来的话我根本就没有听见，我勉强一笑，带着莫名怒火冲进教室："王鹏，我平时是怎么教育你的？我三天不在家，你就敢上房揭瓦，反了你了！我就不信治不服你，明天一早你就滚回家反省去！"

我气咻咻地走来走去，王鹏竟然没有忏悔的意思，竟然还敢与我的目光对视，我顺手拿起板擦，摔在了地上，板擦断成几截，满地都是。

喘不过气，我走出教室去走廊吹下风，班长追出来："老师，王鹏没犯什么错误啊，倒是他捡到一个钱包，政教处的王主任还表扬他了……"

原来是我的疑神疑鬼，一点儿风吹草动就不分青红皂白大动肝火。这正是不信任学生的表现，也是不自信的表现。我又一次冤枉了学生，带着愧疚的心情，我进了教室。走到王鹏身边，我弯下腰对着他，不好意思地一笑，他也笑："老师，其实我没你想得那么坏哦！"令人窒息的气氛，终于一扫而空，大家一起笑起来，扫走了我的尴尬。

我的学生，会慢慢长大。而我，会少一些冲动，多一些宽容吧，至少不要再这么武断、粗暴地伤害他们。

前几天，儿子放学回家，一进门就兴奋地叽叽喳喳，哇啦哇啦讲些学校的故事。我正因为工作上的事情焦头烂额呢，哪有心思听他这些个无关紧要的事情？

"赶紧做作业去，妈妈有事呢！"我打断儿子。

儿子亮晶晶的眼神有些黯淡，但旋即就恢复了兴高采烈的模样："老妈，给你棒棒糖吃！"儿子边说，边从口袋掏出棒棒糖。

软塌塌的糖纸，脏不拉几的小手，我心里的火苗腾蹿上来："讲不讲卫生啊？脏不脏啊你？吃吃吃，你就知道吃，赶紧给我写作业去，没看见妈妈正忙着嘛！"

儿子回到书房，喊他吃晚饭喊了几遍，才面无表情地走出来，全然没有了刚才的灵活和快乐。我胡乱扒拉几口饭，就继续忙自己的事情了。

晚上，儿子睡熟了，我去他的房间里关灯，看见书桌上摊着他的日记本："今天，美术老师说我的画，画得很有创意，全年级展览了，还奖励了我一块棒棒糖，我没舍得吃，带回家想跟妈妈一块分享我的快乐！想不到，没有快乐，只有伤心……"下面的字迹，有些模糊了，很明显是被泪水润渍了，我的心隐隐约约疼起来，儿子花骨朵的心被我的粗暴给伤了。

以后的日子，无论发生什么样的事情，我都学会了用眼睛看，用心灵读，我知道，心灵的拐弯处，有一条小径开满鲜花，时刻散发着怡人的芬芳。

1960 的白衬衣

海清涓

谨以此文——

献给天堂的父亲和故乡的母亲

献给天下所有平凡辛劳的父母

1960 年春天，春光融融，蜂飞蝶舞，父亲 16 岁多一点。父亲用自己的第一笔收入，添了一件向往已久的白的确良衬衣。穿上合身的白衬衣，父亲发现自己已经长成了一个帅气十足英气逼人的翩翩美少年。

父亲平时是舍不得穿白衬衣的，只有在出门赶场走亲访友时才把白衬衣穿一下，回到家又马上把白衬衣脱下叠好，小心翼翼地放进大木箱子里。

父亲的白衬衣是村里甚至乡里的骄傲。当时，农村人普遍穷得连饭也吃不起，穿的衣服都是补丁盖补丁。父亲的白衬衣让十里八乡的男女老少为之刮目，有几个姑娘还暗暗地喜欢上了父亲。邻村有两个小伙子借父亲的白衬衣去相亲，结果没有花一分钱就把新媳妇娶回了家。

1961 年夏天，三伏天气，烈日灼人，17 岁半的父亲穿着白衬衣去赶太平场，进场口碰到从县城搬迁到乡下的王大爷一家。父亲对同伴说了句，我今天不去赶场了，就急忙跑过去帮王大爷挑沉甸甸的担子。到王大爷家门口的时候，大汗淋漓的父亲不小心把白衬衣的左袖子挂了一条一寸多长的口子。王大爷见父亲难过的样子，就叫大女儿秋芳找出针线给父亲缝补。别看秋芳是个城里长大的漂亮姑娘，女红却好得没话说，两分钟不到，秋芳就把父亲的白衬衣袖子缝好了。如果不用手摸，根本看不出有补过的痕迹，仿

佛是布上的条纹那么自然那么恰到好处。

白衬衣缝过一次后，父亲就再也舍不得借给别的人穿了，就算是同父同母的亲兄弟向他借也不肯的。白衬衣上面有秋芳亲手缝的针线和青春气息，父亲不愿意任何人碰一下白衬衣。父亲深深地爱上了王大爷的大女儿秋芳，父亲想找机会向秋芳表白心意，但又怕秋芳拒绝和父母反对。因为秋芳是1942年7月23日出生的，比1943年冬月二十六出生的父亲大了一岁多。农村人的思想比较保守，说什么宁可男大十，不可女大一。

俗话说知子莫如母，精明能干的奶奶从父亲的言行中猜出了父亲的心思，便瞒着父亲请媒婆去向王大爷家提亲。王大爷一介文弱书生从城里搬到乡下，无亲无故人生地疏，经常被本地人欺侮，父亲的家族庞大在当地很有威望，父亲家世人品都好，王大爷自然是满心欢喜地答应了这门亲事。秋芳表面上没有说什么，红着脸躲进了里屋，她心里是高兴的。第一眼见到穿白衬衣的父亲，她那颗少女的心就开始摇动了。父亲虽然个子不高大不伟岸，但父亲英俊潇洒能说会道，在当地也算是数一数二的优秀人才了。

1962年冬天，瑞雪飘飘，骄梅独绽，19岁的父亲同20岁的秋芳举行了简单的婚礼。爱情是理想的美妙的，婚姻是现实的残酷的。结婚一年后，秋芳（该改称母亲了）生下大姐才两个月，一家三口就被爷爷奶奶分了出来。爷爷奶奶重男轻女，说母亲生了个女儿，只分给父亲两间破草房三十斤谷子和二十斤玉米。五十斤粮食哪里够一家三口人吃一年，母亲眼泪汪汪地抱起大姐要回外公家住，父亲好说歹说才劝住了母亲。为了母亲和大姐有口饱饭吃，身高不到1.65米的父亲咬牙跟一群身强力壮的小伙子出去下苦力担石头。那件白衬衣被压在箱子底下，好多年没有人去理睬和过问。

1968年秋天，秋雨绵绵，落叶萧萧，母亲生二姐时难产差一点死掉。为了增加母女俩的营养，父亲悄悄用白衬衣跟邻村的人换了一只母鸡和三十枚鸡蛋。母亲坐完月子出来，知道了非常生气，同父亲大吵了一架，然后用自己一件七成新的灯芯绒衣服换回了白衬衣。父亲接过白衬衣什么话也没有说，只伸出双手，紧紧搂住了母亲。

1978年夏天，夏树苍翠，夏水汤汤，父亲当选为村党支部书记，在家里的时间就相对少了。母亲当时是村里的幼儿教师，白天忙工作忙庄稼，晚上忙家务忙娃儿，一个人累得团团转。母亲为此常常冲父亲发火，骂父亲顾村里不顾家里，把村民看得比自己的四个子女还重要。父亲一般不同母亲吵架，母亲骂得过分的时候，父亲才会反驳，提高嗓门跟母亲吵上几句。母亲吵不过父亲，就气得关上门掉眼泪。

父亲和母亲无论吵得多凶，第二天天一亮，都会同时起床。一个烧火一个煮饭，有说有笑和好如初。

有一回，母亲带着大姐和弟弟到城里看老外婆，留下父亲、二姐和我在家。晚上我和二姐两个睡着了后，父亲独自起床到厨房里煮猪食，一个同村的女人跑来勾引父亲。女人是父亲远房长辈的妻子，父亲平时称她伯娘，父亲不好骂女人，只婉言谢绝了她把她劝了出去。女人为此恼羞成怒，居然到处造谣说父亲和她有过一夜情。

母亲从城里回来，轻信了女人的话，哭了个天昏地暗，又同父亲吵了个天昏地暗，还说要跟父亲离婚。最后，父亲从箱子底层找出白衬衣穿上，一边拍着胸膛一边对母亲说：我是一个合格的村干部，我是一名光荣的共产党员，我有一件1960年的白衬衣。母亲才破涕为笑，原谅，不，是相信了父亲。

从那以后，父亲在夏季天天都穿白衬衣。白衬衣变旧发黄后，母亲又去为父亲买了几件白衬衣。虽然现在穿白衬衣的男人越来越少，但是父亲不喜欢穿其他颜色的衬衣。白衬衣穿起好看却不好洗，风风火火的母亲长年为父亲洗白衬衣，居然从来没有抱怨过。白衬衣成了我们家我们村的一道特殊风景线，也成了父亲母亲恩爱和谐的象征。

2000年初春的一个中午，北风鹤唳，天悲地恸，未满57岁的父亲患肝癌不幸与世长辞，母亲倒在地上哭得死去活来。草草安葬了父亲，我们姐弟四个都表示要接母亲到自己身边去久住。母亲说什么也不同意，母亲说不忍心把父亲一个人孤孤单单留在故乡。后来经不住我们姐弟四个眼泪加下跪地苦苦哀求，母亲心软了，母亲终于同意回生她养她的小县城跟二姐一起

生活。

　　离开故乡的时候，母亲把父亲 1960 年春天买的白衬衣装进了行李箱。母亲说看到那件白衬衣，就好像看到了父亲，就仿佛回到了年轻时代，就好像还在爱着和被爱着一样幸福。

　　我知道，父亲和白衬衣在母亲心中是连成一体的，是母亲一生中的珍宝和至爱。虽然母亲和父亲只做了三十八年的夫妻，但父亲的爱就像 1960 年的白衬衣，将永远伴随母亲，直到母亲生命的尽头……

第三辑

人生快乐的品牌

　　如果你心中有一块冰，需要别人把你融化。如果你心中有一轮太阳，那么不光你自己温暖，也能温暖别人，而且阳光不管在哪里，都是光明和温暖的。

合请的保姆

海清涓

清晨,一阵凉风吹过,天空飘起了零星细雨。

金树华带着雨伞跑下楼,发现李婆婆没像往常一样在小区的荷池旁扭秧歌,而是坐在假山后的休闲长椅上跟几个老太太说悄悄话。

金树华在新城云水丽居小区当保姆,由于勤快能干节俭,深得主人李婆婆和其上初中的外孙朗朗的喜欢。李婆婆把家里的大事小事都交给金树华打理,金树华也把这儿当成了自己的家。

昨天下午,金树华从超市买菜回来,李婆婆说下个月家里不准备请保姆了,让金树华另外找一家人干。李婆婆的话,让金树华整个人都傻了,她不明白自己什么地方做错了,李婆婆要辞退她。晚上,金树华饭吃得很少,匆匆收拾好碗筷,连最喜欢的电视连续剧《玫瑰绽放的年代》也没看,就关上门躺在床上独自掉起了眼泪。

金树华轻手轻脚绕到李婆婆背后,仔细一听,才知道不是李婆婆心狠,要赶她走。现在物价猛涨,猪肉涨到十几元一斤,保姆的工资也在跟着上涨,李婆婆的退休工资不高,给金树华涨工资她承受不起,不给金树华涨工资她心里过意不去。李婆婆这个人心实,她不想亏了金树华。

金树华撑开雨伞,挡在李婆婆头上,直截了当地说:"李姐,我不会重新找主人,你放心,物价再高,我也不会让你涨一分钱工资的。"

李婆婆吃了一惊,从椅子上站起了来:"树华,你是农村出来的,没有养老金没有医保,你应该到有钱人家去当保姆,多挣些工资以后养老防病。"

金树华一手撑伞,一手扶着李婆婆,转身往家里走:"李姐,以前老城那

两家人都对我不好，只有你拿我当一家人看。一家人还说什么钱不钱的，反正你家人不多，就你和朗朗两个，做这么少的家务活，我一点儿也没有感觉到累。再说，我老了还有儿子，农村还有庄稼。"

"你这样说，我心里更过意不去了，唉……"李婆婆长长地叹了一口气。

金树华不以为然地笑了笑："要不，你帮我找一家人，两家合着干，工资不就高了。"

李婆婆看着金树华的脸，关切地说："这样好是好，不过，树华，你也是快满60岁的人了，我怕你吃不消。"

金树华高高举起撑雨伞的右手："我从小在农村吃苦吃习惯了，不怕吃苦，我身体好着呢，你帮我找一家人少的试试。"

金树华说两家合着干，其实是为了安慰李婆婆，她说完就把这件事抛到了脑后。想不到，12天后，李婆婆真的给金树华找了一家人。

这家人住在云水丽居东边的朵西尚都，来回只需要十几分钟。他们家有三个人，一对年轻夫妻，一个小女孩。现在学生正放暑假，金树华的任务是接送小女孩上培训班，开学后就接送小女孩上幼儿园，不包吃不包住，月工资350元。

金树华本来不想去，可李婆婆非要她去，说这样她的工资才会高，以后老了生活才有保障。金树华不愿意违了李婆婆的一番好意，何况单独接送孩子这活也轻松，就准备先干一个月看看。

金树华接送的小女孩，叫唐陈仙子，今年5岁，开学就该读幼儿园大班了。唐陈仙子的妈妈在新城建管委上班，爸爸在国土局工作，家庭条件还可以。以前唐陈仙子是外公外婆接送，"5·12"汶川大地震，在都江堰支教的舅舅为救护学生受伤后，外公外婆就到都江堰照顾舅舅去了。新城正在建设中，妈妈忙着招商引资，爸爸忙着征地拆迁，俩大人工作忙，抽不出时间照顾年幼的唐陈仙子，便请了个保姆接送她，三个月后，保姆嫌工资低不肯干了。

唐陈仙子长得很可爱，小嘴儿像抹了蜜糖，特别甜润。见到金树华，左一个金奶奶，右一个金奶奶，叫得金树华心里乐融融的。金树华第一眼见到唐陈仙子，心里就涌出一种说不出的亲切和爱怜，就情不自禁地喜欢上了这个聪明伶俐的小天使。

3天后的下午，金树华从幼儿园接唐陈仙子回家，在朵西尚都敲不开唐陈仙子家的门。唐陈仙子的妈妈到外地出差，爸爸加夜班没有回来，金树华不忍心把孩子一个人留在门口等，就把唐陈仙子带到了云水丽居李婆婆家。

吃完晚饭，李婆婆到中央公园学打腰鼓，朗朗跟同学到体育中心游泳去了。金树华和唐陈仙子在客厅里观看北京奥运会女子跳水三米板决赛，突然有人敲门。

金树华刚打开门，唐陈仙子就欢呼着，花蝴蝶一般迎了上去："爸爸，郭晶晶跳水得了金牌，我们中国运动员好棒，今天一共拿到了八块金牌。"

金树华跟唐陈仙子的妈妈见过两次面，跟她的爸爸是第一次见面。看清楚唐陈仙子爸爸的脸，金树华突然愣住了，用手指着他，大张着嘴巴说不出话来。

唐陈仙子的爸爸见到金树华时，眼睛都直了，又惊又喜地扶了扶眼镜："妈，我到处找你，你怎么会在这里？"

金树华的丈夫死得早，金树华一个人又当爹又当妈，吃了很多苦，才把独生儿子唐国锋拉扯大。为了给唐国锋凑上大学的学费，金树华一狠心，重新嫁了个男人。唐国锋大学毕业分配到城里工作，娶妻生子买了房子后，多次打电话，让金树华进城跟他生活带孙女豆豆，金树华都因丢不开老伴和家里的农活拒绝了。

一年多前，金树华的老伴不幸去世了，她卖了乡下的房子，独自到城里投靠儿子唐国锋。下了火车，金树华等了一个多小时没看到唐国锋，一个好心的年轻人借手机让她打电话。从没见过面的城里媳妇接到电话，说话的态度很不好，说句你打错了，就重重地挂了电话。

城里媳妇看不起乡下婆婆，你去了没有好日子过，说不定还害得花狗儿家庭不和呢。还了年轻人的手机，想起出门时乡亲们说的话，委屈心酸的泪

珠大颗大颗地从金树华的眼里流了出来。

出了火车站，金树华找不到唐国锋在新城的家，也不想去唐国锋家了。她是个要面子的人，不好意思再回乡下，就扔掉唐国锋家的地址和电话，悄悄在老城给人当起了保姆。

"花狗儿，我……我怕你媳妇嫌我是乡下人，对我不好，跟你吵架，跟你闹离婚……"金树华退到客厅中间，泪流满面地说。

唐陈仙子的爸爸，正是金树华含辛茹苦养大的独生儿子唐国锋。

金树华进城那天，新城南边急需征用三个社的土地，负责拆迁工作的唐国锋，因拒绝收受贿赂徇私，被蛮横无理的"钉子户"打伤并扣押了3个多小时。唐国锋恢复自由后，和妻子陈真悦赶到火车站没见到金树华，连夜赶回乡下老家，也没见到金树华的人影。唐国锋几乎快急疯了，因为金树华连一句话和一张照片也没有留下来。这一年多时间，唐国锋到处登寻人启事找金树华，一直都没有结果。

唐国锋松开唐陈仙子的手，冲进客厅，一把抱住金树华，眼镜上薄薄的雾一闪一闪："妈，你想太多了，真悦不是那样的人，你知道我和真悦有多担心你吗？"

金树华猛地推开唐国锋，瞪他一眼，把脸一沉，没好气地抽泣着说："我信你，不信你媳妇，我在火车站打电话找你，你媳妇说认不到什么花狗儿，还说我打错了。"

看到唐陈仙子不解地望着金树华，唐国锋有些尴尬地拉金树华到沙发边，贴着她的耳朵小声说："当时我被拆迁户扣押了，真悦正在想办法解救我，不知道那个电话是你打来的。我没告诉她花狗儿是我的小名，花狗儿不好听，只能在乡下叫，在城里说出来太丢人。对了，妈，你穿得好显年轻了，我差一点没认出你来。"

"在城里不用做庄稼，当然要讲究一些了，不过，我穿的大都是李婆婆女儿不要了的旧衣服。"金树华用餐巾纸抹掉唐国锋眼镜面上的雾气，喜忧参半地点了点头。

唐国锋轻轻拉起唐陈仙子的小手，满怀深情地指着金树华说："豆豆，这就是爸爸经常跟你提起的亲奶奶，快叫奶奶。"

唐陈仙子欣喜若狂地转起圈子喊："奶奶，奶奶。有了亲奶奶，我也可以跟婷婷、小坤他们一样，暑假在家里玩，不用上培训班了，耶！"

金树华擦了擦眼睛，应得又甜又香又脆："嗯，嗯，我的乖孙女儿。"

唐国锋右手拉着金树华，右手牵起唐陈仙子，向门口走："妈，我们回家去。"

走到云水丽居大门口，金树华松开唐国锋的手，停下了脚步，不无担忧地说："国锋，你瘦了好多黑了好多，征地工作又苦又累，工资不高还那么危险，你干脆不要在国土局上班了，到上海去帮李婆婆的侄子做建材生意。"

"干一行就要爱一行，我是一名共产党员，在新城建设的关键时候，我不能当逃兵。"唐国锋想也没想，就冲口而出，"从一片荒芜到大厦如林，新城的巨大发展和成就，大家是有目共睹的。现在周边农民享受到了新城建设的成果，大部分拆迁户都能很好地配合征地工作了。妈，你放心，人心都是肉长的，只要我把拆迁户当亲人，拆迁户也会把我当亲人的。"

"奶奶，邓老师今天表扬了我，说妈妈是新城建设的功臣，爸爸是新城建设的英雄！"唐陈仙子跳起来扑到唐国锋怀里，给了唐国锋一串甜甜的吻。

金树华望了一眼灯火辉煌、流光溢彩的新城，笑成一朵深秋的菊花，迈开大步跟着唐国锋向朵西尚都走去。

从通往春天的驿道里悄悄苏醒

侯秀红

这个春天，能够与柳毅山相逢，是我意外的惊喜。"相约柳毅山"的笔会，为我们提供了走近柳毅山的机缘，迅速地拉近了我与柳毅山之间的距离。

在这风筝漫天飞舞的时节，在这大大小小的车辆和人流都不断兴奋着的过程中，柳毅山的花草树木及岁月斑驳的古迹都弥散着一种特别的光芒。

我知道，我们将要踏上的是一片历史和传说都同样精彩的土地。这里的历史，关乎着潍水两岸人类文明的最初起源；这里的传说，流淌着柳毅和小龙女的爱情佳话。

年富力强的街道办工作人员，热情洋溢地向我们讲述着关于柳毅山古老悠久的文化。他说，柳毅山无疑是历史的杰作，它如同一部浩瀚的经典，读者的痴迷和岁月的润色，成就着它的美感。它从前埠下八千多年前的遗迹里姗姗走来。一路沧桑，一路辗转，一路高歌，一路辉煌。当年柳毅亲手栽植的桃红和柳绿，已经幻化成一种意象、一种体系、一种文明，在历朝历代的风风雨雨里摇曳生姿。

积年累月的拱形山门曾经是柳毅山最亮丽的一道风景，古莱州到济南府的千年驿道，从鸟语蝉鸣的山门中横穿而过，气势恢宏，源远流长。直到它在超重的负载下苟延残喘，直到它在刀削斧凿中轰然坍塌，柳毅山像是猛然抖落了一页注解的文字，造成了柳毅山文化永久的缺失。这样的缺失终究无可弥补，新的时代和一种新的精神早已凝结成一种特殊的土壤，从通往春天的驿道里悄悄苏醒。

朱里,是柳毅的故乡。

朱里人最熟悉柳毅山的历史,熟悉它的曲折,熟悉它的艰难,熟悉它的豪迈,熟悉它的峥嵘。每一道石阶、每一段溪流、每一座土丘……不知道留下了朱里人多少的足迹,多少的汗水,多少的血与火的见证。

潍水大地,岁月沧桑。危难、奋起、挫折、成功。从满目疮痍到蓬勃生机,这是每一个朱里人的骄傲。飘扬的旌旗,建设的风雷,是一幅幅壮美的场景,更是一幅幅动人的图画。柳毅山成了朱里人叱咤风云、铸就辉煌的一个舞台,一个战场。

荆棘、怪林、陡坡和沟壑,阻挡不了朱里人坚定的步伐。开拓者们在本来无路的旷野,一步步地向前迈进、向前攀登、向前探索,终于给古老的柳毅山注入了新的意境和内涵。这正验证了鲁迅他老人家的那一句名言:希望是本无所谓有,无所谓无的。这正如地上的路:其实地上本没有路,走的人多了,也便成了路。这是一条气势磅礴的路,这是一条车轮滚滚的路,朱里人给了它一个新的诠释,一个新的起点。

现如今,朱里的萝卜、大姜和草莓,已经成为一面面鲜艳的旗帜,渲染着朱里特色农业的盎然生机。

春天的阳光,灿烂地透过车窗玻璃,洒在脸上,抚在身上,感觉到无比的温馨。路上的风景、规整的村庄和忙碌的人群,传递着的是一种恬淡,是一种默契,是一种幸福。

车停处,连连绵绵的山丘,婀娜多姿的垂柳,安静祥和的田畴,清清流淌的河水……如诗如画,洋洋洒洒。

"新鸟头上飞,古水脚下流"概括的应是柳毅山的原貌吧:像那曲径通幽,像那斗拱飞檐,像那悬泉飞瀑,像那奇松异石,像那猕猴苍鹰……遥想当年柳毅,每天每天,奏响的就是一首古朴稚拙的田园牧歌。他除了苦读诗书、修身养性,势必还关注牛羊下括、炊烟缠绕和水车咿呀……在"烟收山谷静,风送杏花香"的氛围中,他采摘、他狩猎、他耕种,然后悠然自得地品味一壶米酒,吸吐一包旱烟。

柳毅桥是一座时光的分水岭。柳毅在那边，我在这边。就这样远远近近地隔着，唱叹风风雨雨，唱叹润物无声。

一湖碧水，满目清波，这就是柳毅湖了。风从水面上飘来，带来一脉深情、一抹温婉、一缕暗香。"夜闻木叶落，疑是洞庭秋"，这也许是最令小龙女眷恋和喜爱的了。

柳毅泉水奔涌出来，渗透开来，清洌甘甜，千古流淌。穿越岁月烟云，萦绕不息。明朝御史吴延举曾经赞叹道："牧羊坡上遇青娥，为托传书意若何？望眼欲穿寻橘树，莫道遥隔洞庭波。龙宫弟子缄方启，尘世郎君祸已多。留得旧时迹井在，井泉香洌出川阿。"

情缘谷里是最浪漫的。晨雾涌起滋润着野花古藤，天风和畅吹拂着柳绿花红，流萤闪闪辉映着明月疏星。这里的风景是传说中的风景，这里的美丽是传说中的美丽。这里的故事以其世世代代的忠贞，点燃着"海枯"和"石烂"的梦幻，亮丽成一部千古传诵的史话。

"柳毅传书"堪称义举，"上天配合兮生死有途。此不当妇兮彼不当夫。腹心辛苦兮泾水之隅。风霜满鬓兮雨雪罗襦。赖明公兮引素书，令骨肉兮家如初。永言珍重兮无时无……"如果说李朝威的《柳毅传》是为这部史话撰写的广告，那么柳毅山的种种遗迹，就该是后人在这幅广告上添加的油彩了。

"相思不尽又相思，潍水春光处处迟。隔岸桃花三十里，鸳鸯庙接柳郎词。"难得糊涂的郑板桥，确实是被柳毅山的美景感动了。浅吟低唱之间，透露着"千帆过尽皆不是"的沧桑和沧桑阅尽后的恬淡。

游兴正浓，眼前忽有一些灰蝶和蜜蜂来往匆匆，细碎的阳光随着它们的翅膀静悄悄地舞动。行走在荒草与花丛之间，脚踝被厚密的枝叶亲吻着。诸多有形的和无形的生命，热情地接待着我的来访。我饱含着内心的感动，在一堆闲散的石块上坐下来。石头承载着春阳的温馨，传递着暖暖的惬意。

远处田里的男男女女，弯着腰、弓着背，辛勤地劳作着。他们成年累月地执着于生存的努力，执着于对生活的追求，不懈地书写着柳毅故乡的昨天、今天和明天。

李白以斗酒种诗篇

巴　陵

　　李白斗酒诗百篇，长安市上酒家眠。天子呼来不上船，自称臣是酒中仙。这是诗圣杜甫在《饮中八仙歌》中讲述好友诗仙李白的醉态和李白个性的神来之笔，其中却潜伏着李白与李持盈的爱情故事和思慕深情。从此，斗酒诗百篇成为李白写诗品酒的活招牌，在全国各地品评佳酿，挥洒诗篇，成了文学史上一段传奇的风流佳话。

　　李白出生在盛唐时期，他的一生都在诗歌与酒色间徘徊、寻觅、反思，却因找不到自己最爱的女人李持盈而懊恼、颓迷，直至客死他乡。纠结李白一生的是漫游和漂泊，其实是对李白意志的煎熬。李白用四十年的时光，游历了大半个中国，却几次与心爱之人李持盈擦肩而过，爱情之路在记忆里慢慢泯灭，然而走出了一条属于自己的诗歌大道，终于成就中国唯一的诗仙。李白的漫游和豪放，品味了中华大地的风光和美酒，也亲近了大江南北的女色，结下了无数恩怨情仇，写就不少风流韵事，最后没有写完的壮丽诗篇，还剩下李持盈那篇绝句。

　　古之诗人墨客，多与酒色结姻同眠，美其名曰诗酒一家。我国唐代，有三位最伟大的煮酒诗人，他们就是我们熟悉的李白、杜甫、白居易。他们在唐代文人中，诗、酒齐名，受人称颂、敬仰，由诗酒生发的爱情，更让人怦然心动，永生难忘。作酒诗最多的要数中唐号称诗魔的白居易，他的一生写下了500多首与酒有关的诗作；其次是与李白同时代又落拓不羁的诗圣杜甫，他的一生写下了300多首与酒有关的诗作，最后因为喝酒吃牛肉而撑死在湖南的湘江上，成为一段不解之谜；第三才是以斗酒诗百篇闻名长安城的诗仙李

白，他的一生写下了200首与酒有关的诗作，最后因为爱情枯萎，好酒短缺而客死当涂。

后人称誉诗仙李白，说他有像酒一样的形态，芳香扑鼻；有像火一样的性格，激情四溢。这是对李白与李持盈那段风流韵事的赞誉和肯定。其实，李白只是一介书生，只能挥毫泼墨、题诗赋词而已。他却有颗真挚的心，喜欢习剑修道，依仗手中宝剑走天涯。他激情一生，留下无数诗酒佳话和华丽诗篇，我们现在诵读，酒气淋漓、豪迈极致。

李白短暂的一生，与诗、酒、色三物同行，过得非常纠结、愁苦，时时陷入婚姻与情爱中不能自拔。六十一年的生命，他却没有好好停顿、修整过，多是漂泊不定、爱恨缠身，他却红粉无数，上至皇家公主李持盈倾情相顾，下至街头艺妓携手同游，都把李白奉为人生知己，无私眷恋。李白却不为其所左右，只是抹不去李持盈的影子，生活在李持盈恩情中。李白一生，妻室有四位。结发妻子许氏，是国相许圉师的孙女，相顾十余载；第二任是同居女友刘氏，他俩在红尘中结合，又在红尘中分手；第三任是东鲁美女某氏，姓名不详，却让李白惦记尤甚，数年而殁；第四任是有道骨仙妻似的宗氏，是国相宗楚客的孙女，他们志同道合，相从十年，留下晚年美梦，却还是各异东西。

李白出生在西域的碎叶城，一日须倾三百杯的葡萄酒，养育了李白从小好酒的习气，还有沾染西域风俗和喜欢美女相随的习惯和爱好。5岁那年，李白随父亲迁往内地，在四川绵州昌隆县安家。绵州自古出产美酒，又是川西平原之地，美女无数。李白喝着绵州以酒为醴、乐曰荆的剑南烧春，度过了美好的童年。他感觉以稻粱黍为原料，再加药曲发酵的酒精后劲很大，常常醉入酒乡不醒。在品酒之余，他也偶尔领略一下川西平原上俊俏的美女，从她们身上想找到创作的激情。偏偏绵州美女苗条多姿，却瘦弱如竹，李白不仅怀念起西域的丰乳肥臀，还做着渴望的梦想。在此期间，李白在青城山结识了习道的西安姑娘李持盈，她的丰满盈盈、高贵飘逸正是李白梦寐以求的天仙。可是，李持盈是唐玄宗的妹妹玉真公主，从小迷恋修道，对李白却一见倾心，心灵相通。在这短暂的相恋中，两人慕仙念道，时有把酒临风，相谈心声。他俩心心相属,却因为身份悬殊,无法结为夫妻,而遗憾终生。这给李白留下了伤痛和怀念,一生都没有解脱。

开元十三年(725年),李白二十岁,离开母亲,走出巴蜀盆地,去谋求自己的理想,寻找知己李持盈。他南到洞庭湘江,东至吴越,曾寓居安陆、应山。李白到处游历,广交天下朋友,拜谒社会名流,到处品酒题诗,成为响当当的名人逸士。他十年漫游,没有提高自己的身份地位,也没有一官半职,还是一介草民。李白又继续北上太原、长安,东到齐鲁,寓居山东任城。这期间,他创作了大量诗篇,阅尽人间女色,却不无遗憾,没有找到像李持盈这样的知己。

开元十五年,李白在安陆认识了前国相许圉师的孙女,两人郎才女貌,般配有加,很快就成亲,结为夫妻。李白成为许家新婿,过起了安稳生活。李许共同生活了十多年,夫妻恩爱。李白闲不住,仍做名山游,漂泊在外。暂时,李白忘去了梦中情人李持盈,给夫人许氏以诗代信,"不信妾断肠,归来看取明镜前"。十年间,许氏生有一女一儿,女曰平阳,儿曰明月奴,后改伯禽。安陆当时有种名酒,叫作封缸涢酒,把酿造好的酒埋藏在地下,让酒继续发酵。喝这种酒,不上头,李白很喜欢,常与许氏对饮,互诉衷肠。

开元十八年,李白离开安陆,第一次到长安游历,在长安的酒肆中结识了贺知章、李琎、李适之、崔宗之、苏晋、张旭、焦遂等名人,一起饮酒作乐,对外号称酒中八仙。李白闲逛皇都,却没有寻找到相思已久的李持盈。次年夏天,李白离开长安,沿黄河东下,在梁园小住,后经洛阳返回安陆,给许氏写了《赠内》:三百六十日,日日醉如泥。虽为李白妇,何异太常妻。许氏与其唱酬,诉说离别之情。不久,李白出游襄阳,经汝海、居洛阳,与元丹邱同游嵩山,旋即赴太原,品味汾酒。也没有找到李持盈的消息。

开元二十四年,李白全家从安陆迁居东鲁。李白与孔巢父等人会于徂徕山,学习隐士之术,结成竹溪六逸。许氏带着两个孩子,住在任城(济宁)。李白围着东鲁漫游,到泰山、汶水、泗河。他拜吴道子学画,访斐学剑,饮酒赋诗,四处交游,誉满江湖。李白在兰陵时,喝到美酒,作《客中行》记录其

事：兰陵美酒郁金香，玉碗盛来琥珀光。但使主人能醉客，不知何处是他乡。赞美兰陵美酒，表现他的品饮之风。

开元二十七年夏天，李白在剡越游玩，认识当地刘姓女子，两人私自结合。开元二十八年，李白在南阳游历，家中传来噩耗，许氏去世，他才四十岁。李白长期漂泊在外，刘氏不甘寂寞，红杏出墙，还严令李白回来陪伴她。李白继续他的漫游，不理刘氏忠告。天宝元年，刘氏离他而去。李白作《雪谗诗赠友人》：彼妇人之猖狂，不如鹊之彊彊；彼妇人之淫昏，不如鹑之奔奔。坦荡君子，无悦簧言。斥骂刘氏，换取自尊。不久，李白想通了，终于理解了刘氏的行为，作《去妇吟》：古来有弃妇，弃妇有归处。今日妾辞君，辞君遣何去？替刘氏辩护和给自己解脱，对李持盈却无比思念，越陷越深。

天宝元年（742年），道士吴筠在唐玄宗面前推荐李白。唐玄宗把李白召至长安，留做文学随从，任其为翰林。李白没有实现自己的理想，心中有些不快。常与五侯七贵到长安街上去饮酒取乐，他们喝着西凤、杜康，连唐玄宗也不放在眼里，还常携妓闲游，抖索自己的才学。唐玄宗很赏识李白，常命其填词作赋，满足宫廷娱乐。李白在长安苦苦熬了三年，李持盈还没有出现。他忍耐不住寂寞，常在花街柳巷欣赏野花败柳，抒发自己的愤懑和孤独。一次，唐玄宗召李白填新词，做霓裳舞。李白正喝醉在酒家，公差把他带进皇宫，他无半点恐惧，俨然自得，要高力士为其脱靴，杨贵妃为其研墨。这些完成后，李白作清平诗，轰动长安城。唐玄宗打算辞去李白，整顿宫廷规矩，众嫔妃为其拦阻，暂且留下待用。李白知道后，不愿继续留在长安，弃官而去，飘荡四方。李持盈得知此事后，弃道回宫，与哥哥玄宗争执不下。一气之下，李持盈弃公主身份离开京城，遁形民间，不知所踪。

天宝四年春，李白在任城与鲁地一位地位低下的农家女子结合。此女漂流异地，只因身份卑微，无法与李白明媒正婚，只作了他的妾，后来也一直未扶正。李白作《咏邻女东窗下海石榴》：鲁女东窗下，海榴世所稀。表达自己的爱慕和幸福。鲁妇为李白生一子，取名颇黎，寓意纯净闪亮。天宝四年冬，李白只身重访江东，想寻找流落民间的李持盈，到崂山（青岛）看望安期生,打听李持盈的消息。

东游期间,李白接到宣州长史李昭(堂弟)来信,告诉他在敬亭山下纪叟酒楼遇见一位道姑,轻纱遮面、气质高贵,疑是李持盈,邀李白前去相认。李白赶到宣州,道姑远游去了。李白惆怅之际,结交了酒肆老板纪翁,纪善酿酒。李白后为其作《哭宣城善酿纪叟》:纪叟黄泉里,还应酿老春。夜台无李白,沽酒与何人?

天宝十一年十月,李白到幽州游历,探寻李持盈踪迹。来到幽州边塞,想建功立业,却没有成功进入军营。他只喝了美酒衡水老白干,返还内地。天宝十二年,李白在宋州游历,追觅李持盈,却无从寻觅,孤独一人在酒肆沽酒,醉倒在梁园围墙之下,突然诗兴大起,挥笔在墙上写下《梁园吟》:"平台为客忧思多,对酒遂作梁园歌。……人生达命岂暇愁,且饮美酒登高楼……。"国相宗楚客孙女宗氏经过,看见这首诗,久久不能释怀。梁园主人准备毁其诗,宗氏以千金买下这面墙壁,作为知己的见证。从此,李白认识了宗氏,两人情投意合,很快结合,成为夫妻老少档。当年,李白已经是知天命之年。两人的日子过得很恩爱,宗氏却没为李白生得一儿半女。后来,两人一起上山修道,齐上庐山。

天宝十五年,永王李璘挥师北上,途经九江,邀李白加盟,李白早想建功立业,充为幕僚。永王兵败,李白遭到牵连,入狱流放,宗氏与家人极力营救,李白被赦。回家之后,李白与宗氏见过一面,又继续南游,寻找他的李持盈。

上元三年,李白越来越思念李持盈,甚感孤独,想到敬亭山再次寻找李持盈。他再次来到宣州敬亭山下,乡人告诉他,李持盈和纪叟都已仙逝,李白悲痛万分,绝望至极。在归途中,李白客死当涂县,把心留在了敬亭山上,结束了这段苦心之恋。

臂可断，职责不断

侯拥华

裴永红是湖南湘潭人，"80后"，从2010年5月起开始做铁路专用线引导煤车、油罐车进出的"运行连接员"。他在右臂被列车车轮完全压断的情况下，强忍剧痛向列车发出停车信号，奋力避免了一起重大安全事故。他的故事，在网络世界激起了轩然大波，感人无数，被很多网友感佩地称为"断臂哥"。

2011年3月10日上午，一列油罐车驶入铁路专用线场站，需要从8号车道改由6号道"倒车"进入油库。裴永红站在变成车头的第38节车厢上，担任"二钩"，充当火车的一只"眼睛"——观察运行状况，为火车司机"导航"。

这天，雨很大，风也很大，风雨交加之中的列车缓缓行驶，慢慢接近目标停靠点。就在距离停靠点100多米的时候，裴永红准备第一次发出刹车信号，然而，令人意想不到的事情发生了——站在车厢上的他突然发现自己的手持对讲机失去了信号。时间刹那间凝固了，裴永红大脑一片空白。

一时间，裴永红和车尾的司机失去了联系，而他和驾驶员之间还隔着38节油罐，他没有时间也没有能力一个一个跨过去，而此刻呼叫，对方却又不可能听到他的声音。如不及时传递信号，就意味着车尾的司机和信号调度室都无法得到刹车的信号。火车依然原速前进，油库就在前方。

危急之中，裴永红忽然想起了值班室里的备用对讲机。来不及思考，他从车上一跃而下。

不幸这时发生了。跳下的一瞬间，狂风裹挟着裴永红向车下落。落地

时,湿滑的地面让他无法站稳,摔倒在地,狂风顿时把他的雨衣吹到了车轮之中,行驶的火车拖着他向车厢底部撞去。一声闷响,被撞住后腰的裴永红倒趴在铁轨旁,腰间一阵剧痛向他袭来。来不及站立,车厢底下巨大的吸力和风的推力直接把他半个身子拖进了轨道,紧接着车轮就轧过来。

更危险的一幕发生了。他刚把头偏过来,车轮子就贴着他的耳朵呼啸而过。前进的车轮生生轧在了他不慎伸进铁轨的右臂上,一时鲜血喷溅,染红了他的上身。

肩膀以下20厘米左右处被巨大的车轮齐齐轧断。

眼睁睁地,他看着自己的右臂渐渐分离开自己的身体,巨大的疼痛几乎让他昏厥过去……

裴永红想到了呼喊。此刻,风声,雨声,震耳欲聋的火车声,却淹没了他的呼喊声。

火车继续前进,危险在一步一步逼近。

轧断了手臂的裴永红疼得龇牙咧嘴,几乎无法动弹。此时,他的右手臂从肘关节到肩关节处二十多厘米长的部位已经全部被碾轧成粉碎状,只有一些皮肉暂时与身体相连着。此外,他的腰椎也严重骨折——他却不知,只知道痛。

情况万分危急,每拖延一秒危险就接近一秒。火车距离油库越来越近。关键时刻,裴永红毅然做出一个令人难以想象的举动:他翻了一下身体,扶着轨道旁边的台阶,将身体艰难地支撑起来,抓着断臂,朝远处的值班室跌跌撞撞拼了命地奔去。

其实,他不知道自己还能走多远,但他的脑子里却有一个信念:冲向值班室,换一台对讲机,叫停油罐列车。

从事发地到信号室,足足有100多米。这100多米,此刻,对裴永红来说,却是那么的遥远和艰难。奔跑时,他需要抓住自己的断臂,还要忍住腰间的剧痛。

就在他几乎耗尽全力跑到值班室门口的时候,前面有一个障碍横在了

他的面前——值班室前面的三个台阶。从前轻松而上的台阶，此刻对于身负重伤的裴永红来说，是那么陡峭，他实在难以跨越。他脑海里闪过一丝放弃的念头，可很快他又坚定了信心。他耗尽体力"爬上"第一个台阶，一个踉跄，断臂肩膀狠狠撞在了侧壁上，鲜血再一次喷涌而出……这一次，裴永红痛得几乎晕厥过去，抬眼间，他忽然望见了放在桌子上的对讲机，心中再次升腾起了希望。意识模糊的他，忍着剧痛，强咬着牙，一口气冲进值班室，抓住对讲机，拼命呼喊起来："0101，我出事了，你车子赶紧停下来，要不然车子也要出问题了……"

裴永红嘶哑的呼叫声通过对讲机传到了列车正副驾驶、信号塔台等所有的工作岗位上。大家都听到了，忙碌起来。

火车终于在紧急刹车的嘶鸣中停了下来。巨大的刹车声伴随着火星四溅的车轮摩擦轨道发出的啸叫声，惊动了油库周围的人。

看到列车停稳后，裴永红才松开对讲机，松了一口气，抓起右臂踉踉跄跄地冲出值班室，呼喊着自救。可没走几步，他就晕倒在地。闻讯赶来的场站工作人员，立即组织车辆和人员将他送往湘潭市最大的医院——湘潭市中心医院抢救。

裴永红的命保住了。可是，遗憾的是，由于火车碾轧横截面过宽，血管神经严重损伤，裴永红被迫做了截肢手术。手术后，他的右臂只能保留短短的一小截，落下了终身残疾。同样严重的是，他的尾椎骨严重摔伤。为了减轻病人痛苦和避免感染，医院需要在断臂处伤情缓和以后，才能为他组织第二次治疗尾椎骨骨折的手术。

事后，有记者到事发现场采访，心中极为震撼。他看到了事发地一路的斑斑血迹和遗落的粘满煤屑和机油的一只手套，还看到：距离事发地远方800米左右是几座巨型储油铁罐。储油罐附近，还有4座小山般的大型火力发电机组。据了解，这个地点是湖南人口密集、工商业经济高度发达的长株潭城市群能源中心之一，一旦发生安全事故，后果不堪设想。

裴永红近乎悲壮的举动，感动了无数人。事后，裴永红所在单位和关联企业,多次到医院慰问,按照医院要求足额支付医药费、治疗费,同时安排了护理费,还对社会承诺将切实保障裴永红的合法利益。湘潭市中心医院则安排了医生,尽最大可能安排救治。湘潭市民政部门、湘潭县和梅林桥镇负责人,也纷纷赶到医院,送上鲜花、水果篮和慰问金。

臂可断,职责不断——裴永红的事迹被媒体披露后,广大网友由衷地表达了对他的敬意,称他为"断臂哥"。一位无锡网友,称赞裴永红是"中国人的脊梁!"一位天津网友感慨:"英雄还在,国当富强,祝福你!"来自湖南的网友更是感到骄傲,称裴永红身上"闪烁着湖湘血性男儿的道德光辉"!

"轧断了手我疼啊,但油罐车还在走,不停下来会出大问题,我必须尽到自己的责任。"病床上的"断臂哥"裴永红虽然被伤痛折磨得脸色蜡黄,但对自己所做的一切毫不后悔。

人生快乐的品牌

金明春

如果你心中有一块冰，需要别人把你融化。如果你心中有一轮太阳，那么不光你自己温暖，也能温暖别人，而且阳光不管在哪里，都是光明和温暖的。

苏东坡，就是一个这样的人。他是一个生命的快乐品牌。

面对现实，苏东坡的应对是智慧的。他思维的开阔，他饱满的智慧，滋养着他的生活。

颠沛流离一生，仕途坎坷多难，没有打倒这个男人，潇洒依然，快乐依旧。他不会应对污浊官场中的明争暗斗。他那种无拘无束、直率坦荡、特立独行的性格使得他在黑暗的现实中处处碰壁。直爽的人，难免会得罪人。他不是那种明明看见苍蝇也要吞下去的人，他是一定要吐出来的，尽管吐出来要遭受磨难。苏东坡就像美酒一样，时间越久，越是醇美。

是什么让这位古人如此波澜不惊永远保持豁然的胸怀呢？

苏东坡说："吾上可陪玉皇大帝，下可陪卑田院乞儿。眼前见天下无一个不好人。"是爱，让苏东坡在常人看来很压抑的事他却过得有滋有味、快乐逍遥。爱山山水水、爱植物动物、爱日月风雨、爱劳苦大众、爱亲朋好友，甚至爱敌视他的人、爱美食、爱游玩。他是一个活泼饱满的人。这种无所不爱，使得他的生活充满情趣。苏东坡一生都卷在北宋政治风浪中，而又始终如海燕般超脱于政治风浪上。不做官时，他会种田、开荒、建屋、喝酒、写诗；做太守时，他会修水利，鼓励耕种，善待饥民灾民，使自己的辖区一片欣欣向荣。他在杭州任上修建的苏堤直到今天仍然施惠于民，难怪至今杭州人还

总是说苏东坡祖籍在杭州,全然不顾他出生于四川的确切史实。

大爱有大乐。

是意志和智慧,帮助他应对一次次的困苦。林语堂先生这样评价苏东坡:由尘世的标准来说,苏轼的一生相当坎坷不平,但他的生命是豁达的,心灵是自由的。他的一生对世人的贡献远远超过他从世上所取的一切。他总能在没有生机的地方创造生机,这样的生命真的每一时刻都灿烂。他正直、善良、潇洒,热爱生命的每一刻。

苏东坡超脱旷达并快乐的原因,还有他的处世精神。他知道,现实政治的是是非非、恩宠荣辱,不必记挂于怀。

苏东坡超脱旷达并快乐的原因,还在于他强健的体魄和健全的人格修养。

苏东坡超脱旷达并快乐的原因,得益于他的文学滋养和与佛教结下的不解之缘。他的诗词是那么的飘逸和豪放,生活也是如此的豁达和潇洒。他屡次的谪居生活,并没有使他感到消沉,反而使他更深入于佛禅,形成"外儒内道",他看到了人生如梦的一面,更体会到人间的美好与温馨。他被贬惠州时,相伴十四年的侍妾朝云死了,自己也两目昏障,痔疮大发,尚自"日啖荔枝三百颗,不辞长作岭南人""报道先生春睡美,道人轻打五更钟";再贬儋州,他说"天涯何处无芳草",并且希望长作海南人,"他年谁作舆地志,海南万里真吾乡";后来渡海北归时竟叹"九死南荒吾不恨,兹游奇绝冠平生";在临终之际,竟然悟出了"早知臭腐即神奇,海北天南总是归"的禅悟境界。

当我们认知生命的贵重时,我们应该尽量让一切为生命让路,给生命最多的阳光。生命的历程中,有着坎坎坷坷。烦躁、痛苦抑或是失落充斥着我们的生活,即使是有限的幸福和快乐也显得那么的稀少,生活中我们所听到和感受到的更多的是抱怨。然而,我们依然活着——竭力地、顽强地,甚至是挣扎。当我们站在一个高处或者远处再审视这一切时,才会发现这些和生命本身相比是多么的微不足道。那个高处就是我们对生命本身领悟的地方,那个远处就是我们对生命本身感知的地方。

不会选择自己的活法,于是便有很多人活得很痛苦;选择错了活法的

人，于是便活得很累。如果你活得很痛苦，如果你活得很累，如果你活得很无奈，如果你活得很没意思，如果你活得很糟糕，如果你活得很无聊，那么，你一定是不会选择或者选择错了；那么，你一定是没有懂得生命是你最该珍惜的。苏东坡，是一个会选择的人。

我们看到生活很艰难的人，但他们活得有滋有味；我们看到经济很富裕的人，生活得却很痛苦。究其原因，就是他们各自的选择出了问题。如果你是鱼，那就选择游泳，那就生活在水中；如果你是鸟，那你就选择翱翔，那就生活在天空中。可悲的是，本来是鱼却选择翱翔、向往蓝天；本来是鸟，却选择游泳、向往大海。

如果你是陶渊明，那你就归隐世外桃源。那采菊东篱下，悠然见南山的生活会滋养出你鲜美的生活。但如果你不是陶渊明，如果你一旦长期进驻世外桃源，那与世隔绝寂寞贫寒长期与你相伴，你就会感觉生不如死。如果你是玄奘法师，那你就选择漫漫苦行。一路风雨，一路坎坷，那是你的生活，再远的路也阻隔不了你的追求。九九八十一难，成就了这位苦行僧。如果你不是玄奘，就不要领略那八千里路云和月，因为路上有风景，更有艰难险阻。时时问问自己：人生要些什么？你能要些什么？你被什么所纠缠、所诱惑、所苦恼？你"负石而行"，你背的这块石头是必需的吗？你将行向哪里去？

不是骆驼就不要选择沙漠，不是雪莲就不要选择雪山。既然是骆驼就不要进驻大都市，既然是雪莲就不要盛开在赤道上。如果你是花，就选择美丽地开放；如果你是树，就选择一方水土一束阳光，快乐地生长。在自己的生命里，在适合自己的生命环境中，展现生命的活力，绽放生命的美丽。

生命是一次旅行，让快乐与生命同行。选择快乐，其实就是选择了智慧。

苏东坡是一个创造生命快乐品牌的人，用的就是他的宽阔的思维，用的就是他的饱满的智慧。

苏东坡是一个人生智慧品牌，苏东坡是一个人生快乐品牌。

那些寂寞的人

金明春

我们迷茫，我们迷失。而在很久以前，却有人能逍遥地行走在万物之中。我们对为什么活着讨论来讨论去，活着感觉越来越沉重，而那个人只为一个生命本体存在而轻松自在地活着。我们迷惘着游走网络，而那个人却浮游于天地沧海之中，在自然中逍遥自在。他，就是庄子。

多想，和庄子一样做一个蝴蝶梦：昔者庄周梦为蝴蝶，栩栩然蝴蝶也。自喻适志与！不知周也。俄然觉，则蘧蘧然周也。不知周之梦为蝴蝶与？蝴蝶之梦为周与？周与蝴蝶则必有分矣。此之谓物化。像庄子一样与蝴蝶浑然一体，一起飞翔。在庄子看来，进入虚静状态之后，人抛弃了一切干扰和心理负担，就会忘掉一切，甚至忘了自己，不再受自己感觉器官的束缚和局限，而达到认识上的"大明"。"乘物以游心"，人如果看破了名，看透了利，那么，我们的心灵将会腾空巨大的空间，将会迎来美好的境界。

我们往往把太多太多的枷锁铐在我们的生命和心灵上。我们用永无止境的物欲、权欲套住了自己；把自己的怨恨、不平一遍遍在心里翻来覆去；用本来能够过去的不痛快一次次给自己过不去。我们追求生命和心灵快乐以外的东西太多，这些追逐的劳累和痛苦压抑着生命和心灵的快乐。我们关注物欲的太多，关注生命和心灵的太少。我们腐蚀生命和心灵的太多，滋养生命和心灵的太少。生命和心太累，这是现代人发出的感叹。让我们的生命和心灵告别枷锁，让我们的生命和心灵远离枷锁。让我们的生命和心灵告别狱室，让我们的生命和心灵远离狱室。给生命和心灵减压，给生命和心灵松绑。也许，庄子可以使我们来一次生命和心灵的越狱。

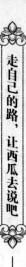
　　楚王派使者持千金来诱惑庄子，但庄子没有上套。庄子选择了舍弃，庄子获得了自由。庄子，赢得的是高旷的苍天之上的精神自由。他在最终思想上的超越，给了我们更多的人生思索。重视自我，人性与生活完全和谐统一。他强调个体生命的自由，才能达到美与丑、善与恶、欢喜和悲伤上升到缘于自然的境界。庄周穷困潦倒，但是他从不因此而忧愁。他见魏王时说他不是困顿而是贫穷。曹商出使秦国乘高车大驾嘲笑庄子穷酸，并炫耀自己"一晤万乘之主而益车百乘"。庄子笑道："秦王患了痔疮，舐治痔疮的人可得车五辆，你得了这么多的车，难道不是给秦王舐痔疮了吗?"为了名利，人在不断地失去尊严。

　　用庄子的话说，人生至高的境界就是完成天地之间一番逍遥游，也就是看破内心重重的樊篱障碍，得到静观天地辽阔之中的人生定位。"乘物以游心"，虽不能及，心向往之。

　　庄子，是有翅膀的人。

　　还有一个人，也是有翅膀的人，他就是苏东坡。苏东坡，也是一个这样的人。他是一个生命的快乐品牌。

亲情是条柔软的绳索

萱小蕾

他从记事起,就目睹父亲吃喝嫖赌,还常常在醉后的夜里对他和母亲拳脚相加,第二天醒来时,却不记得妻儿身上的伤痕从何而来。

他慢慢学会了怜悯辛苦持家、懦弱沉默的母亲,也慢慢开始在心里憎恨那个不负责任的父亲。在这个不温暖的家里长到18岁时,父亲冷冷地对他说:"我养你到今天即可,义务完成。从今后你别再指望我,我老了也不指望你!"他的心里浸满一阵又一阵的凉意。

失学的他,越来越不爱回家,有时待在网吧和朋友家里,也辗转在外面找个工作混温饱。除了偶尔回家看看母亲,他对那个家毫无感情和留恋。

几年后,他的母亲被确诊癌症晚期,父亲打电话叫他回去。听完这消息,他对父亲的恨意又增了几分,他想,母亲的病,归根结底都是父亲气出来的。

他携了女友住回家里,尽心照料母亲最后的时光。对父亲,他仍然冷言冷语,不正眼跟他对视。送走母亲后,他还是离开了家。几个月后,他便得知父亲带了新的女人回家,心里的仇恨再次加深了,如果有那么一把刀,他定想彻底斩断跟那个人的关系。

有人提起他的家、他的父亲时,他漠然打断话题说:我没有爸爸,也没有家……

时隔不久,却突然接到医院的电话,他那好酒的父亲酒后骑车摔成重伤,生命垂危躺进了重症室,等着一大笔钱抢救生命。

闻讯赶来的外公外婆气得浑身哆嗦,气急时说:"不用管他,你妈被他气

死，尸骨未寒他就找别的女人，现在是报应，死了活该！"

他沉默了，什么也没来不及想，只能拨通所有朋友的电话，一个一个借钱凑手术费。朋友也都是些收入不高的朋友，他那躺在医院的父亲虽然每月工资几千，却因为好酒，根本没有任何积蓄。而新找的那个女人，只来医院看了一眼，便再无踪影。

好不容易凑了一点钱，不到两天，就像石沉大海一样被吞了个干净。他一筹莫展，人仿佛瞬间就瘦了下去。外婆看了心疼，又劝他说："当初你妈生病，他都没拿一分钱出来救她。如今是他自己造的孽，你自当尽力就行。"

他蹲在医院的走廊上，紧紧揪住自己的头发，他想起那年尚小的时候，好些天拉不出大便，脸都憋得变了颜色，医生只是给了药打了针，父亲情急之下，不顾一切将手指伸进他的肛门，一点一点帮他抠出来，只到他能正常如厕为止。

16 岁那年，他跟同学代家人去吃酒席，席间两人因为好奇，多喝了一些白酒，同学喝完不久就又拉又吐，而他则先回了家，家里没有人，父亲肯定在外喝酒玩乐，母亲大概是在加班。他进洗手间洗澡时，酒精上了头，很快晕在了里面。大概过了一个小时，每天凌晨才会回来的父亲，却突然回了家，父亲踢开了洗手间的门，给他裹了被单，背着他跑了好远到医院，赶着时间将他救了回来。事后说起，只是因为那天的父亲总是心神不宁才赶回了家。

他想，那或许就是所谓血脉相连的力量。他没有听过父亲的好言好语，可自己的生命却是他给的——还不止一次，无论这人生是否活得精彩，无论他们表面上关系有多僵冷，那骨子里流淌着相同的血却永远无法改变。

他拼了全力，包括卖掉了家里唯一可栖身的那套小房子，左邻右舍看他不计父亲的从前，也纷纷伸出援手，虽然在大家心里，他那父亲早已众叛亲离。

他整日整夜守在医院，直到父亲终于醒来，然后寸步不离地照料了一个多月，给他擦身、给他喂饭、给他揉躺痛的背和腿……

父亲看他的眼神透出了从未有过的柔软，想表达的语言因为愧疚变得小心翼翼。当父亲终于开口问他是否恨他时,他淡然地说:"救你是天性,照顾你是责任。"

虽然语气仍然生硬,但心里却一样变得湿润了起来。他终于发现,跟这个人之间,不可能做到没有关联,亲情是你从诞生开始上天就安排好的,别无选择,自己能做的,只能是去适应这份亲情。无论你清贫还是富贵,都只能无条件地接受他们,并且对他们负责、对他们好。

亲情里,恩要报,愿需还,仇却要化。当亲人间无法互相安慰、不再关怀时,仍然有一条无形的柔软绳索,捆住了那个早如磐石的关系。

心灵的眷恋

薛俊美

周末去社区做义工，社区的服务人员要赶去包扶的贫困户家中走访，我也一同前往。

社区负责人王姐一路给我们讲述前去走访的这户人家的基本情况。一路上，我们几个嘘长叹短，为这个女子的不幸和困难，为这个家庭的拮据和残缺，心想这样的日子简直不是人能过的。

孩子生下来眼睛天生有疾，长大后也不能视物，就算腰缠万贯的家庭也无计可施，更何况还是一个一贫如洗的家。做丈夫的，听医生说孩子从此将永远生活在黑暗的世界里，一甩手就消失了影踪。从此，这个家，只剩下一个柔弱无依的女子和一个咿呀学语的盲童。

这要搁在别的女子身上，塌了天陷了地，叫天天不应叫地地不灵。她瘦弱，矮小，每天忙进忙出的，背孩子去医院，摆地摊，赶夜市，甚至还在深夜里揽一些针线活在夜灯下做。

一进门，屋中摆设简陋贫寒却干干净净，清清爽爽，没有其他那些困难户的邋里邋遢和蓬头垢面。那个女子，穿着洗得发白却干净整洁的衣服，正在满脸笑容地帮着孩子用手摸索着物件，口中不断说着：书，我喜欢看书。孩子稚嫩的童音响着：书，我——喜欢——看书。孩子的脸上也是笑靥如花，丝毫没有看不到东西的乖戾和绝望。

屋内的物什堪称精简，一床，一桌两椅，一锅两副碗筷而已。她笑一下：没用的都卖了，换钱买了书给自己和孩子读。孩子的眼看不见了，心不能再盲了，这个家还有我和孩子呢！

桌上,床头都堆满了书。我信手一翻,有教育孩子的书,有给孩子读的童话故事和儿歌,还有一些关于写作的书。这个吃了上顿还得张罗下顿的单身妈妈,有时间多做点针线活,多挣个三元两元的给孩子买营养品多好,还高雅个啥?好像看出我们眼中的疑惑和不屑,她抱着孩子,脸颊紧紧贴在孩子的脸颊,半晌说:我从小就不是一个认命的女子。摆地摊,赶夜市和针线活不是长久之计,我信奉书中自有黄金屋的说法,我们娘俩儿不会永远这么穷,一定有法子的。我打小喜欢写文章,没有谁生下来就是作家的,就从看书学着写一段好文字开始吧。我就想着,只要好好干,老天爷自会赏给你一碗饭吃,我孩子也一样,她比我还喜欢书,我每天都给她读故事。等攒一些钱,她大一些,我就送她去读特殊学校。生活,会好起来的,是吧宝宝?

她把头伸到孩子的胳肢窝,不谙世事的孩子咯咯笑了起来。

不知为什么,看到这个一贫如洗的家,我们一行人没有了同情和怜悯,只剩下了尊重和敬佩。要知道社区包扶的其他贫困户,除了张口要求这个申请那个的让工作人员为难和尴尬外,没有一个像她这样让人仰视和称叹的。身材的瘦弱,不代表心灵的贫瘠。相反,在这个没有被生活压弯腰的女子身上,我看到了一种叫作信念和阳光的东西,充溢在这个清贫的家里。这个女子会在深夜里,边干针线活贴补家用,边看几行书中的文字,然后再在临睡前写一些练笔的文字。在这个其貌不扬的女子面前,前去的所有人员都读到了自己的浅薄和虚荣,心中扬起的是对这个不屈服于命运女子的真心尊重。

尽管生活窘迫,这女子却依然不失一颗追求生活的心。看着这个脸上没有一丝贫困户窘困和可怜神情的女子的微笑,我拉过她的手:我家里有很多已经看过的书,如果不嫌弃的话,下个周末我给你送来!

她开心地笑了,孩子一样,用力晃着我们握在一起的手,我能感受到通过她的手掌传递过来的温暖和力量。

王大姐四处瞧瞧,对她说:连个多余的碗都没有,下次我们给送一些生活用具来,顺便给孩子多送些玩具和吃的来。

女子连连摆手：不用不用，孩子眼睛看不见，东西多了反而碍事。家里多余的瓶瓶罐罐都让我养了一些花花草草。您说的那些东西，还是送给其他的困难户吧。够用就好！

香随风动，窗台上摆着的那些小花小草长得正旺：纸杯里的文竹，正在蓬勃地伸展向上的茎叶；小铁碗里的吊兰，一直垂到了地面，绿成一川瀑布挂在窗台；搪瓷缸里的韭菜兰，开着几朵粉红的小花，随风摇曳阵阵清香。

这是一个真正的爱花人。这个家，虽然简陋和贫寒，却有满满一屋子的书香和花香，还有母子俩开心的笑声，要比世界上的任何一个家庭都富有和快乐。

人生在世，有书能读，心中就不会积存阴霾，而是充盈着温暖的阳光；有花可赏，就不会自怨自艾怨天尤人，在淡香盈袖花香萦怀中，就算再苦再累的日子也如食甘饴。

经过磨难和不幸的人，才更懂得珍惜生活中的点滴美好。在一个一个难挨的夜里，这个女子从书香和花香中，采撷到的不只是知识的力量，更多的是心灵的慰藉和丰盈。喜书，爱花，永远笑对生活的生命信仰，成了这个女子心灵上永远的眷恋和坚守。

爱是人世间最美的语言

花瓣雨

泰国是一个极富宗教色彩的国度,生态优美,野生动物繁多,且寺庙林立。在众多的寺庙中,却有一座与众不同的寺庙引起了人们的注意,因为这座寺庙中生活着几十只老虎。

这些看似凶猛的老虎,每天温顺地与寺庙中的僧人耳鬓厮磨、朝夕相处。久而久之,人们竟然忘记了寺庙原本的名字,都管这里叫作虎庙。那么,虎庙中的僧人怎么与老虎走到了一起呢?

时间回放到1976年,一名叫阿赞的青年投身佛门,从此,他开始了从一个寺院到另一个寺院的漂泊生活。1995年,当阿赞来到了现在的虎庙时,一只老虎却从此改变了他漂泊的命运。原来,一只只有两个月大的小老虎,因为它的妈妈吃了当地农民的奶牛而被枪杀,小虎崽则被卖给了当地一个制作标本的人用来作标本。当时,小老虎已经被注射了药物,背部的皮也已经被切开,就在它危在旦夕之时,一个好心人花了5000泰铢把它买了下来,送到了寺庙里。

阿赞从此便担负起了精心照料小老虎的责任,但不幸的是,几个月之后,历经磨难的小老虎还是夭折了,阿赞为此痛不欲生。

然而,阿赞收养老虎孤儿的故事就这样传播开来。不久后,又有两个克伦族人送来了两只老虎孤儿。此后每个月,都会有小老虎被送进来,而且它们都有着相同的故事:为了钱,那些偷猎者丧心病狂,不惜将虎妈妈杀害,它们便成了没有人照顾的孤儿。于是,越来越多的僧人也来到了虎庙和阿赞一起照顾这些老虎孤儿。

自此,寺庙里的老虎就越来越多,数目甚至超过了僧人的数目。僧人则像对待自己的孩子一样把它们抚养长大。后来,僧人们便试图让这些老虎回归大自然。于是,在一个晴朗的早晨,僧人便带着这些老虎走进了深山老

岭……可是，当他们落寞地走回寺庙时，眼前的一幕让他们惊呆了，原来那些老虎比他们还早一步回到了寺庙。

看到僧人的一刹那，一只只老虎扑向了僧人，用两只前爪环绕着僧人的脖子，伸出舌头舔舐着僧人的脸，就像一个个孩子见到了久别的妈妈一样。从此，这些老虎开始正式在寺庙里安家，并与僧人之间结下了深厚的感情。

慈悲的僧人与兽中之王同处一寺、和谐相处的事迹很快吸引了众多媒体的关注，泰国电视台播放了相关的专题片，澳大利亚、加拿大等国的电视台纷纷慕名而来。"动物星球"还制作了金奖电视节目《虎庙的岁月》，美国《时代》周刊还将虎庙列为"和平共处的最佳课堂"。虎庙也因此引来了无数的游客。这时的阿赞也从中觉察到了商机，开始正式训练老虎。

这些受过恩惠的老虎，就像"感恩"似的，很快在僧人的调教下便掌握了许多的本领。当游客们前往虎庙观光，并想靠近老虎拍照时，僧人只要用心灵与老虎沟通，在老虎的耳边轻轻低语，老虎便会心领神会。于是，这些兽中之王非但不对人作恶，而且变得非常温顺。当然，一些特殊的合影，费用是每人1400泰铢，这些特殊的合影包括让老虎的头枕在游客的腿上，让老虎仰卧，或者是让老虎跳跃等。而老虎也由此给虎庙带来了源源不断的钱财。

面对越来越多的钱财，阿赞在一个纪录片中告诉大家：他有一个梦想，有朝一日建立一个老虎岛，岛上是茂密的森林，游客隔着护城河可以观察老虎的生活，老虎在里面自由活动，自己捕猎，恢复野性。当然，实现这个梦想还需要更多的钱，虎庙没有任何来自政府的财政支持，所需要的钱都将来自游客的参观收入和捐赠。所以他会经常在老虎的耳边对它们低语："你们一定要努力赚钱，为你们的将来赚钱。这是一个遥远的梦，但一定要坚持。"或者老虎根本就听不懂僧人的话，可谁又能说，爱不是人与动物之间共同的语言呢？

是的，爱是人世间最美的语言。世界因为爱，而多了感动；世界因为感动，而多了感恩。或许感恩只是动物的一种简单习性，但因为懂得了感恩，也才能为自己寻求一种救赎的法宝，给自己带来一个美好的未来。因此，人虎共存的和谐之美，也必将使阿赞的梦想早日变为现实。

第四辑

让婚姻痒一下

　　都说婚姻的七年之痒是一道无法逾越的鸿沟，令许多爱侣在此搁浅，我也一直以为完美的婚姻就是一生牵手，永远不"痒"，现在看来，不痛痛快快地"痒"一回，我们哪里会知道，婚姻需要契合，也需要离心力，我不是他的肋骨，他也不是我的仆人，完美的婚姻就像路面：留下一道裂痕，才会有足够的张力，有更大的凝聚力，才可以安然无恙地往前行进。

　　站在另一种高度看待婚姻，那些小纠结，是多么的不值一提。

那次不成功的借贷

沈岳明

　　"收破烂,废铜、废铁、废布条……"父亲洪亮的声音穿过村村寨寨,像磁铁一样吸引得一群群光屁股的细伢子,围着父亲的货郎担子转。

　　每到星期天我不上课的时候,父亲就要我提了片破铜锣,跟在他的身后敲。我敲一下,父亲便扯开喉咙喊一声。不到半天,父亲的两个箩筐就装得满满的了。父亲光着膀子挑着货担吭哧吭哧地走在山道上,我看见父亲古铜色的皮肤上流淌着大颗大颗的汗珠,父亲累了便找一块较平坦的地方将货担放稳,然后坐在搭于货筐的扁担上掏出黑黑的烟丝卷着抽。父亲边吸烟,边接过我手里的破铜锣,叫我也坐上去。父亲说:"伢仔,爹今天卖了这担破烂,明天就可以交齐你这个学期欠老师的学费了。"都开学一个多月了,学校也催了好几次,我的学费还没交齐。望着父亲的满脸愁容,我鼓起勇气说:"爹,要不,我不读书了,每天跟你收破烂去!""啪"的一声,父亲硕大的巴掌狠狠地抽在我的脸上,火辣辣的痛。我看见两颗豆大的泪珠从父亲的眼眶滚下,砸在那片破铜锣上,我幼小的心灵深深的颤抖了起来。

　　沉默良久,父亲才用粗糙的双手将我的头捧起,说:"伢仔,还痛吗?都是爹不好,爹赚不到钱供你读书,但这书你一定得读下去,爹可不能让你再走爹这条路啊!"我似懂非懂地点点头,以后再也不敢提不读书的事了。

　　终于,一张来自省城的大学录取通知单飞到了父亲手中。那天晚上父亲神情庄重地召集家人开了个家庭会议。整个会议上,都没一个人吭声,父亲一个劲地抽着自家种的烟,烟雾缭绕在昏暗的泥瓦房里,气氛异常沉闷。妹妹和母亲的眼里蓄满了泪水,我自始至终抱着头,一言不发。最后只得各

自睡去，虽然我们都不说话，但谁都清楚，我们开会的目的，也都知道开会的内容和结果。

后来才知道母亲和父亲商量了一整晚。我还有一个远房表叔，听说他在省城的一家公司当经理，所以父亲决定去找找他。以前表叔在县城时，父亲带我去过一次表叔家，因为表叔家那不理不睬的样子父亲发誓再也不去了。后来表叔就调去了省城，父亲一辈子没去过省城，所以就中断了与表叔的联系。父亲是在村长那里弄到表叔的具体地址的，村长家建房时因要买建筑材料曾去一趟表叔家，村长还说，表叔家待人挺热情。

第二天，天刚蒙蒙亮母亲便早早起来为我们父子俩的出发作准备。母亲用面粉煎了两块大饼，又用一个塑料水壶装了一壶凉开水，给我和父亲带着上路。母亲还用一个大网兜装了家里那仅有的 3 只母鸡，以及绿豆、黄豆等家乡土特产品，那是带去送给表叔家的礼物，那 3 只母鸡下的蛋全被母亲卖了给我买学习用品及学校里作了生活费，我靠那 3 只母鸡的蛋清贫地度过了几个学期。父亲的愿望很简单，希望表叔能借一些钱给我上大学。

一早从家里动身经过一上午的车旅颠簸，等我们终于来到表叔家时，已是下午 2 点多了。表婶比我想象中的还要肥胖，浑身珠光宝气，一看就像个贵妇人，表婶上下打量了好半天，才认出我们父子俩来，父亲连忙让我叫表婶。表婶家的地板光洁得让我和父亲如履薄冰，父亲抖抖索索地甩去了胶鞋，赤着一双粗大的脚板进了客厅，父亲将母鸡顺手放在了客厅的门角。

表婶问我们吃午饭了没有，父亲犹豫着说吃过了，父亲问表叔不在家吗？表婶说表叔出差了，要一个星期才回。表婶说，既然你们吃过饭了，那就坐在客厅看电视吧，我今天约了几个朋友打麻将，他们一会儿就到的，我就不陪你们了。坐不多久，果真就有几位和表婶差不多年纪的富贵妇人来了。她们说说笑笑的和表婶去了里间，不一会儿就传来了哗哗的搓麻将声。

我和父亲在客厅里坐了两个多小时，父亲的表情很焦急，最后像下了很大决心似的说，伢仔咱们还是走吧。

父亲送我上车前，分给了我一张饼和半壶水。父亲叫我先回，他还要去办点事随后就回。

母亲见我一个人回来了,很是惊讶,我说父亲说他去办点事后就回。母亲是了解父亲的,她不放心地说,他在省城又没其他熟人,他会去办什么事呢?那晚我与母亲相互安慰着一整晚没有合眼,父亲竟一夜没回,第二天一整天仍然没见父亲的影子。母亲的焦虑一点点地加深,最后眉头拧成了一个大疙瘩。

晚上12点多,父亲才跌跌撞撞地推开了家门。母亲急切地扑了上去,我赶紧扶住了父亲摇摇欲倒的身子。父亲鼻青脸肿,浑身是伤,父亲的模样将全家都给吓哭了。

原来父亲去卖血了,不识字的父亲看见路边停了一辆义务献血的车子,然后悄悄将我送上车后,再返回去"卖"血。当护士小姐给父亲抽血后,父亲才知道这血是"卖"不到钱的。父亲得了一本献血光荣证书,一咬牙决定步行回家,以前父亲去县城是从来不坐车的,父亲不知道省城离家究竟有多远。父亲走了一天一夜,仅凭一张饼半壶水支撑着,如果不是在半路遇上村里去省城购建筑材料的车子,顺便将父亲给捎了回来,还不知他要走多久!

一夜之间,父亲似乎已苍老了很多。我突然发现父亲那饱经沧桑的双眼里滚出两颗硕大的泪珠,父亲说,孩他妈,我已经想好了,明天我就去集市上把咱那头驴给卖了……

卖了驴的父亲样样重活就得自己用肩膀挑,沉重的生活将父亲的腰早早压驼了,但我却放弃了那次上学的机会。我边在南方打工边参加了成人自学考试,并顺利拿到了毕业证,我想,父亲一定会替我感到欣慰的。

让自己的方法变成对的方法的方法

凉月满天

有一个鲁莽的小青年，他的运气总是格外好。连他的哥哥都大声抱怨："弟弟总是运气好。"他的父亲则说："是弟弟自己造成他自己的好运的。"

他的父亲说得没错。因为这个孩子奉行的是"你不去试，怎么能做得到"的原则，想到什么就去做。

他上高一的时候，非常喜欢参加课外活动，而且还严重偏科，三个学期后又被退学了。他的父亲说："儿子，我已尽力，下面你得靠自己了。"

他感觉自己分成了两半，一半吓得要死，一半兴奋得要疯。他在替一家刚刚播的调频电台免费上一些节目的过程中已经积攒了一些经验，就冲着这一点，他就大踏步走进一家老资格的广播电台的总经理办公室，直通通告诉人家，他该雇用他。

总经理把头一仰，呵呵地笑："告诉我为什么。"

他毫不犹豫地说："因为我比别人播得好。"

总经理看着他，脸上始终挂着笑容，说："你有种。"

他拿不准这是在夸他还是骂他，这时候总经理又发话了："今晚八点，我让晚上的播音员告诉你怎么播，然后你九点整上节目。我会听。九点半之前我没打电话给你，你就给我滚出去。"

"很公道"，年轻的男孩伸出手和总经理相握，然后又补了一句："晚上我等你电话。"当他走出来后，差点把吃下去的饭吐出来。紧张死个人啊。

晚上九点，他拿起麦克风，九点二十八分，平时的晚间播音员做起准备工作，要取代他了，半个小时就要过去了。

就在他沮丧地收拾东西准备离开的时候，老板的电话来了："你被雇用了。继续播，到十一点。明天九点到我办公室来。"

从此，他走上了他的电台播音主持之路。大约一年半之后，他又获得另一个更好的机会，得以从事更好的工作。不过他从没忘记这个叫赖瑞·拉雷的家伙，他没把他赶出去，反而给了他一次尝试的机会。

有时候他想，机会这种东西真奇妙。

看似是赖瑞在整件事上唱着主角，把持着他的命运走向，可是，当赖瑞在一个对的时间、对的地点，怀着对的心态面对着一个忐忑不安地闯进来的年轻人的时候，这个年轻人未始不是更大的主角，而赖瑞此时倒像一个站在舞台边侧，等待出场的配角，时间到了，他走上舞台，说了他的台词，做完他的动作，轻快下台，而年轻人的戏继续进行——只要他一直往下演，他就会遇到更多给他配戏的配角，有的扮演关键时刻伸手帮一把的正面角色，有的扮演落井下石或袖手旁观的反面角色。还有的，是路人甲、路人乙，扮演着和他擦肩而过的角色。整个宇宙，就是他一个人的广大舞台啊。

而开启人生经验的宝瓶的原则肯定不是坐在那里想啊想的，也许这种方法不合适，可是不做怎么能知道呢？也许这种方法有效果，可是不做又怎么能知道呢？所以，让自己的方法变对的方法就是去做。这个原则还是这个年轻人的父亲亲自教导给他的，他说："并没有做某事的'对的方法'，只有你在做它的方法。让你的方法成为对的方法吧！"而几十年后，一家叫作耐克的著名的品牌运动鞋公司把它当作了自己的企业理念，简化为三个单词的标语：just do it！

大约两年前，我曾经因为要出一本书，和《中国禅学》主编、陕西师范大学佛教所所长吴言生教授打过一回交道——想请他题词。

素昧平生的，吴先生不觉得我冒昧吗？可是不试试怎么知道行不行呢？于是我在网上找到吴先生的联系方式，就贸贸然打电话过去了，是服务人员接的，说吴先生外出讲学未归，等他回来会转告。我可不想等，也是因为等不得，干脆往他的手机上发短信，本不抱希望的，试试罢了，没想到却得到回

复,题词一事也得允肯。这真是意外的好。

所以说,让自己的方法变对的方法的方法就是想到就要去做。不管黑猫白猫,能逮耗子就是好猫。

事情就是这样奇妙。人生的每时每刻都是创造。向左走还是向右走,一念动即创造一个不一样的未来。而好运,通常就这么被自己给带来了。万不可迟疑再迟疑,思考再思考,到最后把激情和雄心消磨没了,啥事也没干了。再说了,你是主角,宇宙给你把舞台已经搭好,配角也已经准备好,随时准备为你走上台配戏。你抽身走了,或裹步不前,这出戏可怎么往下演呢?

把自己培养成全才

李建珍

一个63岁的老人，在2008年福布斯中国富豪榜中，排名第53位的他并不显眼，可是，2009年春节过后他宣布捐出他个人股份的70%成立慈善基金——这将近40亿元人民币的慷慨捐赠让他受到广泛的关注。他，就是驰名中外的福耀玻璃的董事长曹德旺。

凡汽车生产厂家没有不知道福耀玻璃的，位于东南沿海福建福清的福耀是中国最大、全球第四大的汽车玻璃生产商。现在，德国奥迪、大众，韩国现代，日本丰田用的汽车玻璃就是福耀的，而国内每三辆汽车中的两辆安装了福耀玻璃。

曹德旺说："你说谁是全才？曹德旺是全才。我会做财务，做任何公司的财务总监都是一流的；我会做会计，做会计核算，把报表拿过来给我，我可以知道这里谁在做什么，有这个水平；我懂生产，生产线上的每一道环节，我比他们还熟悉，因为是我自己设计的。"

是汽车玻璃给曹德旺带来了巨大财富，让他有底气在捐款的时候一掷千金，如今，这位享受着鲜花、掌声和光环的花甲老人，高调的言谈中折射出他内心深深的自信。

然而，曹德旺的事业并非一帆风顺，他也曾经遭遇过人生的滑铁卢。

那是1994年，曹德旺做汽车玻璃的第七个年头，福耀玻璃就取代日本汽车玻璃，占据了国内汽车维修市场六七成的份额。但是，随着福耀玻璃产量的快速增长，曹德旺却遇到了企业发展的一个致命的难题。那时，他的企业每年生产二十万片的汽车玻璃，可配二十万辆车。但那时，中国的轿车每年

才几万辆。福耀玻璃在国内市场受到严重的制约，同时，很多人看到他做得很赚钱，就也来做这个生意，这让曹德旺感到压力重重。残酷的竞争迫使着曹德旺寻找新的出路，雄心勃勃的他把目光投向加拿大市场。

自信的曹德旺带着几万块玻璃赶赴加拿大后，很快就因为质量问题遭遇投诉，不仅玻璃被全部退回，他还付出了高达六七十万美元的赔偿。

从加拿大退回来的玻璃，在国内是可以销售的，可曹德旺认为：既然老外检测不合格，我们也不能拿给中国人。几万块玻璃，全部砸掉！心痛不已的他认识到和国外的差距，他需要高素质的人才，但那时候福耀是小企业，大学毕业生不来，国企退下来的则鱼龙混杂。为了保证队伍的纯洁，他决定自己去学，学完了回来教给员工。

当时已经50岁的曹德旺为了提高公司员工的素质走上了四处求学之旅。可是，人的精力是有限的，曹德旺不仅要自己学，还要手把手地教，一个企业的兴衰全部寄托于一个人身上，这压力太大。有一天，曹德旺终于忍受不了，他想出家去当和尚。

此时，一家创办于1665年的法国知名公司圣戈班集团想在中国开拓市场，他们慕名找到曹德旺，商谈合作事宜。国外资金和国际先进技术的注入，让福耀玻璃获得迅猛发展。3年之后，曹德旺却宣布，终止和圣戈班的合作。原因之一是和圣戈班在管理流程上发生冲突。

在圣戈班，每件事都要经过十几二十个人讨论通过，这是让曹德旺无法忍受的，因为他觉得任何问题自己一个人就可以拍板。

另一个更大的原因是圣戈班只想把福耀作为其在中国的服务基地，不能向外发展，这与曹德旺把福耀定位为全球的汽车玻璃供应商的目标背道而驰。最后，曹德旺用4000万美元买断圣戈班在福耀的所有股份，并与圣戈班约法三章，圣戈班在2004年7月1日前不得再进入中国市场，这就为福耀在5年内排除一个强大的竞争对手赢得了发展的时间和空间。

曹德旺深知，要想真正在国际市场站稳脚，就不能仅仅限于国际汽修市场，还要进入汽车设计行业的最高层——参与新车型的设计，而要参与新车

型的设计,就要有良好的汽车玻璃的原材料。2001年开始,福耀开始着手生产原片玻璃的策划。2004年福耀原片玻璃生产线浮法线历经三年策划、论证,正式投入安装,而三条中的两条就是21世纪全世界最先进的浮法玻璃生产线。此后,福耀车间里浮法生产线就成了不停歇的"印钞机",福耀的财富迅速积累着。与此同时,福耀的自主创新步伐也在有条不紊地进行着,在福耀集团的科研中心,汇集了从世界各地招募来的科研人员,他们正在为研制新型的汽车玻璃而孜孜探索。

2000年以后的汽车对玻璃的要求不仅停留在挡风遮雨的初级水平上,更要求功能化。他们自主研制、生产出诸如:有抬头显示功能的玻璃,就是把仪表盘的一些数字投影到玻璃表面,驾驶员不要低头就能看到汽车的驾驶情况;还有汽车防雾玻璃,可以防止冬天温差大造成的汽车挡风玻璃上出现水雾造成的危险。

曹德旺带领的福耀玻璃就是这样靠着质量和创新迅速占领国际市场。可是,正当他的汽车玻璃向世界各地扩张的时候,2008年11月,曹德旺却宣布停掉全国4条正在赢利中的生产线。这个想法遭到所有股东的反对。谁愿意关掉4个"印钞机"呢?曹德旺却已经预感到金融危机将对他的企业产生影响,如果继续大量生产,不久之后,肯定会赔得一塌糊涂。面对股东的反对,曹德旺下了死命令,终于关掉几条生产线。如今,烟囱虽然不冒烟了,但年逾花甲的曹德旺却从容地等待经济复苏的春天到来。

将自己培养成全才,虽然很辛苦,但却拥有足够的自信去将自己的事业做到完美。

爱情中那些薄凉的暖

李 舍

"民初名妓小凤仙，她要是找一个民工，扫黄就扫走了，她找了蔡锷，就流芳千古；赵四小姐16岁去大帅府跟张学良，她去1年是奸情；去3年，是偷情；一去30年，那就是千古爱情……"接到这条短信时，我正巧浸在"史海钩沉"写潘玉良的文章中。凝望着潘玉良清瘦中略带忧郁的自画像，又念起小凤仙和赵四小姐在成就这千古爱情时，都付出了怎样的代价，便急急把目光游到了文章的结尾。

为爱不计名分屈身为妾的潘玉良，在家庭和事业的双重伤害下，已经感到了爱的无能为力，不得不离开潘赞化孤身旅居巴黎，但她一直把嵌有同潘赞化合影的项链戴在脖子上，并固执地相信真爱不怕距离的遥远。而最后的结局却是，当巴黎画展取得成功后，潘玉良写信与深爱的人分享喜悦，并一再表达思念之情和想回国的愿望时，却被潘赞化以时局动荡等理由回绝了。这一回绝，直到潘赞化病逝，两个人也没能再见上一面。失去了一生的至爱，一代画家悲伤过度，就此染病，再不提笔。她不怨命运，不怨爱人，只自责对不起这个对她有再造之恩的男人，只恨自己在他弥留之际也没能陪他，照顾他。可怜这个痴情的女子就这样让心苍老在错过的花期中，孤独地长眠在了异国他乡。

这苍凉的爱情中有过暖吗？回答是肯定的。一个1岁丧父，2岁丧姐，8岁丧母，14岁被舅舅卖到妓院，17岁就成为妓院响当当头牌的苦命女子，当她走近芜湖海关监督潘赞化时，被其渊博的学识，平易近人的作风感动得忽然双膝跪地，说出了一个秘密：说自己只是商会会长诱鱼上钩的饵，一旦博得潘赞化喜欢，将她留下，便以讨价还价的方式，给他们的货物过关行方便，

否则就会以海关监督狎妓不务关务为名败坏其名声。同时也将玉良置于两难境地,若被留下,则成功充当了诱饵;若被赶回去,就会遭到流氓的糟蹋。潘赞化对她动了恻隐之心,不光留下了她,没有因她是烟花女子而低看她,反而把床让给了她,自己打地铺。在以后的日子里潘赞化给她带回小学课本,教她学知识,教她学绘画,直到不计名分嫁给他,并改张姓而做了潘玉良。在尊重女权和民主的潘赞化劝她不必如此时,她只笑说:我应该姓潘,我是属于你的,没有你就没有我。

是源自内心的真爱不可抗拒,还是以身相许感谢潘赞化的再造之恩?我似乎没有耐心逐字去阅读这个谜一样的女人,只是急于在字里行间寻找这爱情中薄凉的暖。终于找到了描写他们婚后生活的一段文字:婚后,二人去了上海,过着相知相爱相惜的生活。但好景不长,这段美好的日子很快被大夫人的到来打破了,大夫人坚持大主小卑的原则,一不顺心就会给潘赞化难堪,这让玉良既心疼又无助,最后在潘赞化的鼓励下选择了出国学艺。这一去就是9年,在异乡漂泊历尽艰辛,饱尝了相思之苦后,她带着学有所成的喜悦和刻骨的思念回国。当潘赞化像捧珍宝一样把她紧紧拥在怀里时,一切的委屈都烟消云散,她流着泪下定决心,这次再也不离开心爱的人了。然而,这也只能是个美好的愿望。她无法忍受大夫人与她的势不两立,无法面对潘赞化处在中间的尴尬两难地,再次选择了逃离。可天涯海角终也逃不掉情网的纠缠,直到最后在异国的土地上饮尽相思与无奈。

再来看一看民初名妓小凤仙。抛开电视连续剧《蔡锷与小凤仙》里的杜撰,我们从正史中了解到蔡锷1915年11月8日,患喉结核在日本病逝,年仅34岁。他不光是我国近代史上叱咤风云、功勋卓著的历史人物,其诗文还为他赢得了一代儒将的名声。然而"兄弟如手足,女人如衣服",关于小凤仙,在正史之中并没有相关记载,甚至连她的生卒日期都没能说清楚,只说她曾是名动公卿的名妓,她曾帮助共和名将蔡锷将军逃离袁世凯的囚禁,被蔡锷视为红颜知己。在痛失蔡锷后,小凤仙曾书写挽联:九万里南天鹏翼,直上扶摇,怜他忧患余生,萍水相逢成一梦;十八载北地胭脂,自悲沦落,赢得英

雄知己,桃花颜色亦千秋。

遗憾"红颜自古如名将,不许人间见白头"。后来人了解到的是,曾经倾国倾城的小凤仙到最后沦落为生活不能自理的邋遢女人。在 1949 年,她隐居沈阳,成为 4 个孩子的继母,直到患上老年痴呆和脑血栓的病症后离世,唯一给她心灵慰藉的便是她和蔡锷合影的那张照片。谁又能判断,这个自幼被卖到青楼,后结交蔡锷,维护共和,斗智袁世凯的小凤仙到底是幸福的还是不幸的? 或许,她和蔡锷之间的爱情,宛如一幅充满激情的油画,厚重而又热烈,原不求被人接受,只求于己回味。这英雄美人悱恻缠绵的故事,无论被民间传说成多少个版本,仅从蔡锷赠小凤仙的联中,我们便可解读俩人的真情:不信美人终薄命;由来侠女出风尘。其地之凤毛麟角;其人如仙露名珠。这爱尽管薄凉,我们仍能从中寻出那缕缕感人的温暖。然而,假如当初的小凤仙真找个民工从良过日子,她又会甘愿一生平淡吗?

"年轻追随张学良 无怨无悔共白发。"张学良与赵四小姐的爱情算是有着圆满结局的。看到她陪张学良过百岁寿辰报道的相关情景,曾十分艳羡这千古爱情缔造的相濡以沫;获知享年 88 岁的赵四小姐,于 2001 年 6 月 22 日因病在美国夏威夷逝世的消息,曾无限感慨这个经历了现代中国云谲波诡政治风云的神秘女人对爱情的执着。这个出身名门的赵四小姐,因为与张学良的一次邂逅而一见钟情,坠入爱河,不惜与家人决裂,毅然追随有妇之夫张学良来到东北,甘愿以秘书的身份相伴左右,直到同居 36 年后才获得了正式名分,于 51 岁时和 64 岁的张学良正式结为夫妻。

大音无声,真爱无言。经历着自己的曾经,体会着曾经的幸福,不需与外人说道。赵四小姐生前,曾有许多书商与她接洽,希望能从她口中探知她与张学良的历史,但都一一遭到拒绝。无论后人怎么猜测,历经种种辛酸,遭世人纷纷议论后,赵四小姐得到的是在最后弥留的几个小时里,100 多岁的丈夫仍无限依恋地紧紧握着自己的手,让她在温暖中走向天国;得到的是张学良常说的一句话:我这一生欠赵四小姐太多。这一个"欠"字,让多少薄凉化作了温暖。

想让爱成常态

刘笑虹

一

婆婆原来一直对她很好,可这次却没有告诉她秦岭现在的电话号码。

不知怎么的,昨晚做完梦一觉醒来,湖心突然就非常非常想秦岭,他离开这个家都快一年了,可湖心从没有像今天这样有种强烈的渴望,想在他怀里依偎一下,跟他说说悄悄话。早上她就给婆婆打了个电话,想知道秦岭现在的电话号码,他在哪儿?生活得怎样?可被婆婆婉言拒绝了,现在她又有些后悔清晨如睡梦般的一时冲动。

她现在老是这样,晚上就想起或梦见过去,白天又恢复生活的现状。

昨晚她又是跟路野出去吃的饭,吃饭时她就觉得路野有些反常,老是看手机,可那手机并没响过,根据与路野接触这一年多来的经验她知道,凡是他有啥不想让她知道的事时就将手机调到"来电振动"状态。她发现近来他的活力指数在上升,天天都像有些魂不守舍。

路野是个地地道道的艺术家,说话和行事风格的确与常人不同,他敏感、执拗、坦率、热情,与秦岭的为人处世大相径庭。秦岭给人的感觉就是那种喜欢把红 T 恤衫穿在棉袄里面的男人——闷骚。路野会雕塑,会绘画,也写得一手绝好的毛笔字,会弹钢琴,打羽毛球时的身法更是矫健。估计如果变成一个朝鲜妇女,他就敢把自己所有的优点像顶罐子一样都顶在头上走路。可秦岭就只会闷着头写书。

从一刚开始认识路野，湖心就被他浑身上下充满的艺术家气质所吸引、所折服。可现在她觉得路野的爱似乎太丰满、太充裕了，在哪里都能看见他的爱从那漫溢的大缸里流出的印记。难怪筱筱说："路野身边从不缺女人。"

路野常说："爱，就要使自己保持在一种常态"。湖心一直没太听明白这话的含义，是对一个女人的爱保持常态？或是对所有女人都保持常态？

湖心是在自己茶楼里第一次见到路野的，那时茶楼刚开张，为了多点文化氛围，湖心想在各个厅室包房里点缀上一些有品位的字画。

秦岭一听首先就不同意："文化品位这东西现在谁都可以搞，小学毕业的只要有钱也可以开个文化传播公司，只要跟钱这玩意挂上钩谁都可以装着有文化品位。"他说在喝水吃饭的地方欣赏字画实际是在糟践文化，就像在厕所里听古典音乐一样。

湖心没理他，自己通过朋友筱筱找到了当时在市里小有名气的书画家路野，让他帮着来题上几个字，画上几幅充满茶道禅意的画。朋友都知道筱筱几年前曾跟路野好得死去活来，为此她还真自杀过几次，敢从三层楼那么高往下跳可见当时筱筱的痴迷程度。

路野来看了湖心精心设计布置的仿日式茶楼后赞不绝口，说这几乎可以算是咱们市里顶尖的极品茶楼了，还没开张就仿佛看见了温文尔雅的茶艺，观赏到廉美和静的茶道，闻到了馨香扑鼻的茶香。他当即应允，将无偿赠送一批自己最新完成的作品给湖心。

二

孩子上学离学校近，就住在了她奶奶家。所以湖心就把所有的心思放在了新开张的日式茶楼里。

路野没食言，几天之后就完成了几幅与茶楼风格很贴切的字画作品。他跟湖心说自己很满意这些个作品，所以每天他都想来看看它们和这座茶楼、茶楼主人的和谐氛围。说老实话，湖心也想他天天来，他一来总能给身边的人和物带来阵阵扑面的清风。

变化在不经意中就完成了。慢慢地湖心不再叫他"路老师",而是称他"小野",谁听了都觉得这跟在一个日本茶楼里称呼一个日本人一样贴切。就凭喊这近乎昵称"小野"的亲切呼唤,她已经可以随意指使他去干一些只有服务生才可以干的闲杂事,这其实是女人支配男人同时也在揣摩男人的一种简单伎俩,路野当然知道,他嘻嘻哈哈地跟朋友们说:"我乐意。"

湖心纳闷,她平常要是跟几个同学或茶友在茶楼里打打麻将,即使是彻夜不归秦岭也从不过问,好像他关心的就只有他那一方书稿天地。可那一夜她一宿未归,进门就被早练刚进门的秦岭劈头问了句:"昨晚睡得还好吧?"

她心里有些发怵,感觉他的话不应该是这种问法,连忙打个哈欠搪塞:"没睡,打了一宿牌呢。"秦岭就用种她很少见过的狐疑眼光打量了她一下,一声没吭走进了卫生间。

湖心就烦男人这种不落地的脾性,还不如茶叶,水生了你就漂着,水开了你就沉下,想知道什么就往死里盘问啊,问完了大家心里不都少个事吗。可秦岭叫湖心不满意的就是这些地方,现在再拿他跟路野那豪爽脾气就更是没法比了。

说给朋友们听,筱筱就笑她:"你不知道极品乌龙,要真泡开了是不沉底的啊,你还不珍惜着点。"

筱筱常说自己是见过男人的人,知道啥样的男人是好男人:秦岭是打着灯笼难找的好丈夫,过日子就得跟这种男人过。她认准了湖心跟路野长不了。湖心心里却想:那是你筱筱吃不着葡萄说葡萄酸。

秦岭说要走很突然,问他去哪,他眼里闪现出一刻短暂的迷茫,然后说:"到时我会告诉你的。"可他一走就快一年了,也并没有告诉湖心。湖心试着问过孩子,小学快毕业的女儿摇头:"每次都是晚上睡觉前接到爸爸的电话,我咋知道他在哪儿?"

湖心有感觉,孩子懂事了,心向着她爸爸。

三

婚外情也就是一块臭腐乳，想开胃时戳上两下还行，可真要当正餐去吃它，那可就一定上不得桌子了。

常在一起了湖心渐渐发现，"自私"才是路野最大的本性，这性格常常盖过他所有耀眼的光芒，自私就会狭隘，自私常显小气。

现在不要说跟他谈今后的生活，有时甚至只是谈到有没有可能搬到一起去住的问题时，他都会勃然起怒，好像有个异教徒践踏了他的那方圣地："我从来都是信奉自由，早跟你说过我是独身主义者。"他还振振有词地说"在这茶楼上看滚滚长江美丽壮观吧，看腻了也会觉得它就是一条扔在地上的黄杨木棍。我不想我们最后是因为互相厌倦而分手。"

和秦岭人虽分开了，很多年养成的习惯却一时半会儿变不了，平常说话湖心还是不经意中就露出跟秦岭说话时常用的那种北方乡音，就像她与秦岭在一起时发嗲一样，这最让路野受不了，他觉得湖心是把他当成了秦岭，现在湖心和他在一起却连秦岭说话的口音都忘不了，自己哪还有一丝自尊可言，为此他可以一个星期都不接湖心的电话。

有时偶尔在一起相聚，本来应该甜甜蜜蜜地欢度春宵，可他就能为睡左边还是右边跟湖心吵个没完，他甚至不顾她睡眠习惯，坚决地说："你原来跟别人时睡的是右边，我现在非要你睡在我左边。"

这时湖心就会后悔，后悔那天晚上自己在茶楼里跟朋友们一高兴就喝了点红酒，她明知道自己滴酒不能沾，更后悔酒后克制不住自己，跟着路野上了他那辆回家的"天籁"车……

湖心有自己做人的原则，自从和路野上了床就感觉这一辈子再也不能和秦岭在一起了。

四

一天，有个陌生人打来电话说："听说您家收藏有一些秦岭的金石？我

是一个金石……哦，也就是印章收藏爱好者，您看能不能出让一点给我，我将不胜荣幸。"

湖心听了有些莫名其妙，秦岭能篆刻一手绝好的金石印章并且有粉丝？这怎么可能，她知道他很能写，可偶尔雕刻印章跟他有时写写毛笔字、画画水墨画一样，那只是写书写累了玩玩而已。

湖心试着在书房里找出几张盖有秦岭篆刻印章的字画拿去给路野看。

路野见到那些东西后脸上立刻露出极其惊讶的表情："这些东西功底可不一般，应该出自名家之手，特别是这瘦金体的大条幅，下面这几方印石了不得，这种货色现在市面是基本见不到了。"他仔细查看了几幅字画中都有出现的古朴浑厚、娴雅异趣的"常态"二字篆刻，自己打趣道："有人也跟我一样喜欢常态？"最后摇头表示不知道其人，并有些醋意地问湖心："你是从哪得到的这些藏品？"

回家后湖心就上网查，果真深圳有个金石家也叫秦岭，百度介绍说他是近年来异军突起的新秀，说他早年师从名家，专业就是篆刻金石，并引起专家们的高度关注云云……

看完，湖心松了口气，新秀，师从，专业，这肯定不是自己原来的秦岭，而且那上面也没说他是国内小有名气的作家。自家的秦岭是作家，专业不是雕刻印章的，现在叫这个名字的挺多、挺时髦，估计是重名，别人搞错了。

可渐渐的这类电话越来越多，都说是从网上"人肉搜索"查到的，不会有错。

有天都快半夜了，女儿突然打来电话，这着实让湖心吓了一大跳："爸爸在全国得大奖了啦，你现在快去看看电视，正在重播节目呢。"

跟女人不一样，男人的确有些优点是埋在性格底下的，常常很难被哪怕是最最亲近的人发现。

五

路野说他也要走了。他伤心地跟湖心说，这一生只有她最让他揪心，让

他放不下，最让他感觉自己做人很失败。

湖心猜想，路野可能已经从媒体中知道秦岭在这次全国"华夏国粹精华文化大奖赛"上获得了"诗词字画金石综合作品"一等奖，他一定觉得秦岭在自己的领域超过了自己是件很没面子的事。他很苍凉地跟湖心说，他要去找个门前有山溪、房后有巨石的乡间小茅屋，在那面壁十年，重新审视磨砺自己去。

茶楼里飘荡着轻若丝絮的歌："男如茶，女如水；水如情，亦如花。茶与花，茶与水，男与女，亦与情……"

"实景，思景，意景，其实都是心境。跟茶一样，品透有余馨，说透则无味。"看着大窗外远处的江景，湖心感叹道。

筱筱听了湖心的诉说，暧昧一笑："你舍不得了？他是不是相当的激情四射，你有点抵挡不住了是吧？我可跟你说……这是我后来听精神病医学专家指导分析的，凡有所谓艺术天分的人都有精神疾病，天赋越高病得越重。我绝对相信这话。"

湖心拿捏过，要说床笫之事相比较而言，路野绝对称得上是激情，每次当两人的画架没支起，画布还没铺好，他就迫不及待地开始挥笔泼墨，就像原来和秦岭在家偷偷看过的那些三级片中夸张的动作和叫声齐齐上阵，也难怪当年涉世未深的筱筱能为他又是割腕又是跳楼，好不热闹。

现在想想还是和秦岭的感觉好些，看完那片子后谁也没啥变化，都不失原来轻漫优雅的习惯，比较完了依然觉得秦岭这种默默耕耘型的男人更令自己持久、受用、踏实。

路野走时到茶楼里摘走了那幅湖心一直对朋友引以为自豪的"江湖两瞰图"。

六

湖心很了解婆婆，她知道婆婆会跟秦岭说她找过他。她现在经常幻想

着哪一天电话铃会突然响起来,电话那头会有一个熟悉的北方乡音出现,这种幻觉随着思念的加深越来越强烈。

这天,湖心在家里忙活了一天,把原来秦岭关在书房里写写画画的那些毛笔字、水墨画、金石印都翻出来整理了一通。她发现自己这么多年来并不像自己感觉的那样了解秦岭,他在写文章空余时写写画画出的这些墨迹透出的全部都是一种孤独——瘦金体的毛笔字、寒山孤舟的水墨画、只身子影的单字印章⋯⋯这些都是路野书画中从没见过的风格。

和、敬、清、寂四个字是秦岭最初鼓励她去做茶楼时叫她必须要达到的茶艺境界,现在它们都一一孤单地出现在他那些金石拓印之中。也有例外,"常态"二字却一起出现在几枚印章中。

突然,她发现在这堆书稿中有一篇打印好的文章,她有些好奇,书稿装订得整整齐齐,扉页上大号字的标题是"爱,不需要常态"。她坐在地板上一口气读完了这篇小说,看得出秦岭是为她写的,因为那女主人公太像她,也是那种细胞很容易分裂且活跃率性的女人,崇尚的都是浪漫爱情生活,可就是对眼前实实在在的幸福生活毫不在意。他的文字充满了理解、怜爱、歉意,唯独没有怨恨。

可为啥最后他没像别的文章一样拿出去发表呢?湖心看看页末的日期,正是秦岭即将离开的日子。抱着书稿,湖心窝在沙发里痛痛快快地哭了一个下午。

这天夜里,湖心收到了一条陌生手机发来的短信:"有一种真情只有在热拥里才体会是温馨。有一种感觉只有在徘徊中才知道是无奈。有一种目光只有在离别处才看得出是眷恋。有一种回忆只有在难眠时才承认是相思。有一种心情只有在分手后才明白是失落。有一种缘分只有在重逢日才相信是永恒。"

湖心痛彻心扉地想:男人,你到底是想把分别当作一种爱的方式呢?还是喜欢把爱保持在一种常态。

栀子花开的夏天

王凤英

一

那个夏天，栀子花开满了江南小镇的角角落落，风起风落处，花落一地，美得让人窒息。

我出差到江南，办完公事后，便来到了这个小镇，这里的青瓦、白墙、木隔扇、石板路、乌篷船、深弄小巷无不让我痴迷。

这样的场景让我有点想入非非，恍惚中，一个撑着油纸伞的姑娘，甩着一条粗长的辫子，散着栀子花香一样的芬芳，迈着优雅的步履走在石板路上。

我正出神地胡思乱想着，安然就这样从我的身边擦肩而过。她修长的身材、白皙的皮肤、两条麻花辫松松垮垮地搭在肩头。待我回转身来看向她的背影，才发现她走起路来有点摇摇晃晃，而且浑身散发着一股酒气。我几乎连想都没想一下，就几步追上了她，说："小姐，你喝多了，会摔倒的。"安然停下了脚步，用挑衅的眼光看着我说："帅哥，你要不要送我回家？"我定定地看着她的眼睛，这样一个看上去有点放荡不羁的女子，在她的眼角处居然弥漫一种惹人爱怜的忧伤，也许正是这种淡淡的忧伤吸引了我，那一刻，我认定她就是我前世今生想要寻找的那个人。

二

安然住在小镇的一个二层阁楼上,屋子里布置得很雅致,很有女子的气息。我把安然扶到床边,将她的外套、鞋子一一脱掉,让她躺在床上,没想到,就在她倒下去的那一刻,安然却一把搂着我的脖子把我一起带到了床上,我挣脱了几下,却怎么也挣脱不开。等安然闹够了,我也有点累了,索性躺在她身边,谁知,不一会儿,我们都迷迷糊糊睡着了。

一直到第二天一早醒来,安然看到身边的我,吓了一跳,急忙用被子护住自己。我解释道,你昨天喝多了,我把你送回家时,你缠着我死活不放,不过,我们什么也没做……安然的脸上立刻飞起一阵红晕,拿过衣服匆匆穿上,说:"谁知道你做了什么?好吧,你走吧!我不会赖上你的。"就算安然不会赖我,我却有点想赖上她了。

接下来,在我的"死缠烂打"之下,安然收留了我。

为了和安然在一起,我依然决定辞掉北方的工作,甚至不惜葬送掉我不可估量的前程。同事和朋友都觉得我疯了,可是,就算这样,我也离不开安然了。

三

安然有份很不错的工作,在一家公司做服装设计,而我则应聘了一份高管的工作。白天我们一起上班,晚上我们一起做饭、聊天或者坐在院子里数星星,看月亮。遇到周末的时候,我们手牵着手一起散步在石板路上,偶尔我们也会去坐乌篷船,茶馆、水阁也都相继留下了我们的影子。我们看上去俨然像一对新婚的夫妻。

唯一让我纳闷的是,安然在睡梦中总是呼唤一个叫"逸轩"的名字,我知道这一定是个男人的名字,但我不是一个小气的人,不过,偶尔我会问,逸轩

是谁？安然不回答，只是吧嗒吧嗒地掉眼泪。我想，不管这个男人和安然曾经有过怎样的纠葛，现在都无关紧要，重要的是我现在和安然在一起，不是吗？

一天晚上，我和安然正在家里吃晚餐，安然的好友美莲风风火火闯了进来，一进门看到我，美莲就咋咋呼呼地喊："安然，我出差一月不足，你居然又交了男朋友，你这个妖媚的女子，就这么招男人喜欢吗？"说完，美莲还对我挤挤眼睛。坦白说，我不太喜欢美莲的张扬，不过，既然是安然的朋友，我也只能装出笑脸相迎。

从美莲回来的那一天，我们的二人世界从此变成了三个人。美莲有事没事总喜欢往我们家里跑，吃在这里，有时候还住在这里。不明白美莲这个疯丫头怎么也不交个男朋友？

那天，我们约好三个人一起出去吃饭，所以，下班后我便直接来到约好的饭店，美莲已经等在了那里，可是却迟迟不见安然的影子。我打过去电话，安然说，公司临时加班，太忙了，所以让我们先吃。

等我们吃到酒足饭饱时，鬼知道，我怎么突然问了美莲一句："丫头，你是不是该找个男朋友了？"就是这句话深深刺激了美莲，她怒气冲冲地对我说："你以为我没人要吗？你以为安然是个万人迷吗？哼！要不是安然那个狐狸精，说不定我早结婚了呢？"美莲全然不顾我的感受，一口气把心中积怨向我全倒了出来。

四

美莲和安然是从小一起长大的伙伴，可以说她们两个从来都是形影不离，无话不谈的好朋友。用美莲的话说，当她交到男朋友的一刹那，最想让人分享自己的幸福的正是安然。于是，她把自己的男朋友第一时间带到了安然面前，谁能想到，这却是她人生中最大的败笔，她的男朋友和安然几乎是一见钟情，再后来他们爱得是死去活来。

美莲哭过闹过，甚至和安然反目成仇，却还是没有从安然手里夺回男朋友，而这个男朋友不是别人，正是安然梦里呼唤的那个人：逸轩。

可是，一年前，当他们准备结婚的时候，逸轩突然人间蒸发。安然疯了似的满世界寻找他，却丝毫没有他的消息，从此安然便开始借酒消愁。看着安然日渐憔悴的样子，美莲悄无声息地来到她的身边，一看到美莲，安然却哭着大声说："我遭到了报应是不是？老天爷有意惩罚我对你的背叛是不是？你存心来看我的笑话是不是？"美莲什么也没说，只是把受伤的安然紧紧地抱在怀里，而后两个人一起放声大哭。

从此，她们俩和好如初，又回归到以前样子，她们在一起吃饭、逛街、喝酒，只是她们从来闭口不提逸轩这个名字，即使醉了的时候，她们也会避开找男朋友的话题。但美莲却能从安然眼里看到她的不甘心。直到安然遇到了我。

五

我没有被美莲的故事所吓倒，我可以不在乎安然和逸轩曾经是多么的相爱，我会帮助安然走出那个阴影，我甚至开始筹划和安然的婚礼，我知道，我和安然一定会幸福的。可是，可是为什么我的心里会有种隐隐的不安呢？

一晃，夏天很快过去了，栀子花也开始败落，看着满地枯萎的花瓣，有好几次，安然泪流满面，让我也不禁跟着很伤感。

一切就如我所预料的一样，该来的终究还是来了。

周末的一个午后，逸轩的妈妈突然来访。一进家门逸轩妈妈就抓住安然哭着说："安然，快救救逸轩，他现在生命垂危，医生说要想挽回生命，除非出现奇迹，而这个带给逸轩奇迹的人只能是你。"安然有片刻的意识模糊，而后镇定了一下才问逸轩妈妈："逸轩怎么了？病了吗？"逸轩妈妈说："是的，就在你们快要结婚时他患上了癌症。"安然的情绪开始变得失控起来，大声哭着说："为什么不告诉我？为什么要逃避？"逸轩妈妈说："因为你曾跟逸轩

说，你不喜欢光头。还记得吗？你和逸轩一起看《非诚勿扰》，逸轩开玩笑说，也要留孟非和乐嘉那样的光头，你立刻抗议道，逸轩要是剃光了头，你就离开他。而医生说逸轩必须接受放化疗，头发势必会脱落的，所以，逸轩说，等他治好了病，头发长起来的时候再去找你。可是……"逸轩妈妈后面说了什么，安然已经听不进去了，因为她已经昏倒在地。

六

一切似乎注定了结局。

我和安然平和地分了手，安然哭着说，不管逸轩病情怎样，她都决定和逸轩结婚，一定要治好他的病。对于安然的决定，我只有默认。

是的，在这场爱情中，我输得很无奈，甚至都不给我一点还手的机会。哪怕对手是谢霆锋、周杰伦，我至少可以和他公平竞争，可他却偏偏是个病人。

离开江南的那一天，我没有告诉安然，实际上安然也顾不上我。可是，站台上，我依然一步一回头，期待着能看到安然的影子，直到火车启动，我才真切地意识到一切都结束了！

别了，我深爱的江南小镇！别了，我深爱的安然！

七

三年后的夏天，当栀子花再次弥漫江南小镇的时候，我因公差又来到了这里。

此时的我，依然是孑然一身，因为我依旧走不出安然的影子。思索再三，我终于拨通了美莲的电话，不为爱情，只想知道安然过得好不好。

美莲一接电话就大声指责我："你这人怎么可以这样残忍，居然连声招呼都不打就人间蒸发，到你们公司他们却说你辞职了，你知道安然有多伤心

吗？你知道安然其实已经爱上你了吗？"不等我说什么，美莲仍然滔滔不绝："你知道吗？安然当年并没有和逸轩结婚，因为逸轩坚持病好后再举办婚礼，可是，安然的精心照料并没有使逸轩的病出现奇迹，你走后三个月，逸轩就离开了人世，不过，逸轩是幸福的，因为他死在了安然的怀抱里。"说完，美莲突然像想起了什么似的说，你等着，告诉我你在哪里，我去帮你把安然找来。

八

美莲找到安然时，二话不说拉上安然就走，安然笑着说："你这死丫头，不会又是给我介绍对象吧！我说过了，我不会再恋爱了，还是管管你自己的事，尽快把自己嫁了吧！"美莲说："如果你不跟我走你会后悔的，因为这次的对象你一定感兴趣。"安然说："不就是帅哥吗？"美莲说："对，就是帅哥，你三年前遇到的帅哥，他又回来了，就在你们经常散步的石板路上等你。"

这时，安然用力甩开了美莲，问："是真的吗？"美莲用力点了点头。安然却说："可是，我还有什么资格去见他呢？"美莲说："你想好了，如果你不去，我可要跟你抢男朋友了。"说完，美莲咯咯地笑了。

石板路的尽头，我终于看到了我心心念念的安然，她垂着两条好看的麻花辫，散着栀子花香一般的芬芳，迈着优雅的步履缓缓向我走来。

就在安然快走到我身边时，却一个趔趄差点摔倒在石板路上，我急忙奔过去，一把抱住了安然，那一刻，四目相对，千言万语还来不及说，泪水却早已泛滥泛滥。

让婚姻"痒"一下

卢海娟

与老公恋爱四年，经过无数次考验，直到我确信自己就是他胸膛里的那根肋骨，我们终于找到了彼此的另一半，必将亲密无间地结合起来，一生一世相亲相爱，我才允许老公牵了我的手，隆重地走上婚姻的红地毯，走进令人期待又有些忐忑的婚姻生活。

婚后两年，我和老公没有经历传说中的激情冷却，两个人全无一点罅隙，有时候我们甚至不需要语言，一个眼神，一声叹息，就会心有灵犀，相互了解彼此的心意，我觉得婚姻就该这样：完美的交融，你中有我，我中有你。

日子踏实稳健地前行，当我确信我们的婚姻坚不可摧时，我和老公决定要一个孩子。

孩子生下来，婆婆被老公请来照顾我，帮我带孩子，料理家务，两个人的世界忽然膨胀开来，变成了四个人。我来不及斟酌与思考，忙乱的日子让人应接不暇，尤其是羸弱的宝宝，他那么小，柔柔的粉嫩的一团，我的心全放在他的身上，稍一离开便会没来由地恐慌。

再也无暇去看彼此的眼神，去探讨彼此别样的呼吸，连最为柔情蜜意的爱爱也少了一份全神贯注。忙乱的日子就是这样风驰电掣，等到孩子满三周岁去幼儿园，婆婆也离开我们之后，我才发现，老公的工作情况、业余时间的动向，以及他的心思想法，我已全然不知，除了孩子和家庭琐事，我们已有好久没有过心灵的沟通与交流了。

渐渐地我发现，老公的应酬越来越多，他常常很晚才回家，有时还会酩酊大醉。想和他说说体己话，话没说完，他已鼾声如雷。我的心越来越冷，

我不得不承认,婚姻的七年之痒来了,当初那么审慎的选择,那么情投意合,也难免要出现裂痕。

我是个追求完美的人,无论学习、工作还是生活,我都会一丝不苟,都要做到最好。如今,要我面对破败下来的婚姻,想到以后还要走漫长的人生之路,我彻底零乱了。书中说没有爱情的婚姻是不道德的,那么,倘若爱情死去了呢? 有裂痕的婚姻还要不要?

最初,我也企图和老公一起修复,我试图和老公寻根溯源,看看爱情的小舟到底在哪里搁浅或是触礁,为什么我们再也回不到从前蜜里调油的甜? 可是找着找着,我们的思维就分道扬镳了,再也找不到从前的默契! 寻找爱情,只让我看到心底那道越来越深的伤。

没有共同语言,这是不是婚姻的大忌? 是不是分手最充分的理由? 原以为老公是我今生情感的最终归宿,现在看来,从前的卿卿我我都是假象,茫茫人海,属于我的真命天子仍然不知深藏在何处。

当我患得患失,把婚姻的七年之痒抓成无法治愈的病,我和老公都变得小心翼翼,不敢触碰彼此脆弱多疑的心灵,然而逃避又怎能解决问题? 随着矛盾不断积累,终有一天,会爆发两个人的战争。

仍然因为晚归,我和老公口角起来,憋在心里的委屈像决堤的洪水倾泄而出,我没想到的是,老公也是唇枪舌剑,他对我,竟然也有那么多的不满和愤懑!

恩爱的夫妻变成一对相互仇恨的怨侣,顷刻间我的心碎成千片万片,抱上孩子,我义无反顾地乘上了回乡的火车,我要回到乡下的娘家,静静地疗伤,养精蓄锐准备下一步的离婚大战。

是的,离婚! 我咬牙切齿,下定决心。

忍着泪水,带着累累的伤痕,在离家差不多一公里的地方,我见到了站台上白发的父母——因为修路,再没有车子可以前行,我们只好徒步回家。

等一切安排妥当,才发现有好多未接电话,都是老公打来的,因我的拒绝,焦急的他还发来道歉的短信。

可是我并不准备原谅他，我的心里反复吟唱一首歌："爱人的心是玻璃做的，既已破碎了就难以再愈合，就像那支断弦的吉他，再也听不到原来的音色。"

老公的电话不断打来，打给父母的电话中，他只说我工作太累需要休息，拜托父母好好照顾我和孩子，尽管我什么都没跟父母说，他们还是看出了端倪，似乎想对我说些什么，我却面容决绝，拒人千里之外。

一次，母亲和我带着孩子散步，忽然孩子摔倒了，哇哇大哭，原来这新修的水泥路面每隔一段距离都有一条寸把宽的缝隙，孩子的小脚陷入缝隙中，就被绊倒了。我埋怨这修路的工人：好好的路面不肯一气呵成，修得尽善尽美，偏要留下这许多丑陋的裂痕。

母亲就慈祥地笑了：你以为这路面是静止不动的吗？它也要热胀冷缩呢，有了这些裂痕，才能留下足够伸缩的空间，路面才不会胀裂，路的寿命才会长久。

母亲意味深长地看着我，说，两人在一起时间长了，慢慢地也会有裂痕，裂痕是婚姻里用来抗击热胀冷缩的空间，两个人过日子，不只是甜甜蜜蜜卿卿我我，还要有抵触，有拒绝，有争吵……你想啊，他是男人，你是女人，如果婚姻只是让他变成了你，或者让你变成了他，那生活还有什么意义？你不能要求两个人变成一个人吧？

我无语，却不得不认真思考：其实婚姻无所谓破碎，就像心灵永远不会有真正意义上的破碎一样，裂痕其实一直就在那里，留待我们经历世事风云，给我们缓冲力。都说婚姻的七年之痒是一道无法逾越的鸿沟，令许多爱侣在此搁浅。我也一直以为完美的婚姻就是一生牵手，永远不"痒"。现在看来，不痛痛快快地"痒"一回，我们哪里会知道，婚姻需要契合，也需要离心力。我不是他的肋骨，他也不是我的仆人。完美的婚姻就像路面：留下一道裂痕，才会有足够的张力，有更大的凝聚力，才可以安然无恙地往前行进。

站在另一种高度看待婚姻，那些小纠结，是多么的不值一提。

把家安在哪座房子里

卢海娟

　　小静一点都不平静：刚过不惑之年，她已经购置了婚后的第三套房子。选址、挑楼层、装修、购置家电家具……每购一套房都要有一番忙乱。这期间，小静像打足了鸡血，一边到处夸张地喊累，一边精力充沛地折腾：买东西、与人吵架、埋怨不担事的老公、与公婆交涉……

　　刚刚结婚的时候，小静还是很天真的，她甚至没有向老公要独立的婚房。老公是独子，与父母共同住在三居室近200平方米的大房子里。公婆说，反正结婚后小两口也需要人做饭带孩子，公婆身体康健，赋闲在家，正好可以担此重任，这么大的房子，住四五口人也不会显得拥挤。那时候，小静以为自己一辈子都可以住在那所大房子里，三代同堂，过幸福宁静的生活。

　　起初，她真的觉得自己很幸福，这种幸福的日子几乎延续到孩子上小学。那时，正是婚姻的七年之痒，她忽然发现，自己在过安逸生活的同时，老公也被他的父母惯坏了：他既不做家务，家里与外界交涉的事也一直由公公来做。小静彼时成熟了，有了忧患意识，看到公婆一年年变老，老公却一点长进都没有，这个"顶不起门户"的男人让争强好胜的小静很是担忧，思前想后，她决定买一套房，与公婆分开过。

　　公婆与老公都不同意，小静就与他们争战不休。有了隔阂，家庭迟早要碎裂，公婆终于无奈，暂且给小静夫妻买了一套两居室六十几平方米的房子。

　　小静很是兴奋：房子虽然不大，可是位置好，离学校近，她可以在楼上看着孩子走进校门。住进新居后，没有了公婆的唠叨，没有人看那些她不喜欢

的电视节目，休息日她还可以把厨房搞得乱七八糟，做一些异想天开的食物——随心所欲为所欲为的日子，真好。

在那栋房子里住了三年，小静越来越不开心，越住越别扭：房子这么小，卫生间连洗衣机都放不下，厨房更小，根本施展不开手脚，尤其是客厅，长条形的，沙发离电视那么近，爱看电视的孩子还没有上小学，就已经患上了近视。

必须换房。

小静天天向老公灌输自己的想法，老公拗不过她，只好和她一起回家，向父母大倒住小户型的苦水。

父母几乎倾其所有，给了她们一大笔钱，这一回要瞪大眼睛，要黄金地段，孩子上学必须就近、方便；卫生间一定要大，可以装洗涤及卫浴设备；客厅不能马虎，既要有气派的电器，又能避免辐射……一年之后，乔迁之喜，小静一家搬进两居室近 90 平方米的新居。

卖掉了从前的房子，两个人又有了可观的积蓄，90 平方米的新居，足以使小静成为姐妹们羡慕嫉妒恨的焦点。

在这所房子里住了五年，渐渐地，小静发现一个问题：这建筑商怎么这么蠢呢？90 平方米的房子，设计一点都不合理：阳台那么大，除了养些花花草草，一点用处都没有，两个卧室都大得出奇——卧室里只要放下衣柜和床就足够了，剩下的空间真是浪费……小静之所以挑出这么多问题，是因为生活出现了新状况：她现在热衷于上网，可是家里却没有一间安安静静的书房。

电脑就放在她和老公的卧室里，因为上网聊天，老公已经与她吵过多次。要是有一间书房，她就可以插上门，享受一个人的世界了，这是个允许和保护隐私的时代，再说了，有一间书房，也显得生活有品位。

小静又开始发神经，老公知道她又动了换房的心思，这回是真的无语了。小静可不是个肯轻易放手的人，两个人冷战热战，争战不断。公婆知道两人吵架的原因，因为心疼儿子，愿意拿自己的大房子与他们交换，没想到小静嗤之以鼻:那房子又旧又老,离自己的工作单位又远,搬去那里,她坚决不同意。

小静的表现,一家人都很不满意,吵架几乎成了小静生活的主旋律。孩子、老公、公婆,她见了谁都好像一只准备斗架的公鸡。

在单位,小静也整天郁郁寡欢,倘若遇见准备结婚的女孩,她会立刻来了精神,像祥林嫂一样重复同样的话题:

"可别像我这样傻,结婚的时候一定要有间大房子,只有住得好,才能搭建好生活。"

不顾老公反对,小静卖掉了住得好好的房子,又去公婆那里一顿闹腾,逼公婆拿出最后的积蓄交了首付,然后再按揭,终于兴高采烈地选了一个三居室140平方米的房子。

一家人都被她搞得疲惫不堪,她想要的厨房、餐厅、卫生间、客厅、卧室、书房……

这是她的第三栋房子,无论选工人、购物还是讨价还价,她都成了行家里手,她每天都往新房跑,亲眼看装修工人一点一点打造她梦想中宽阔宁静的温暖空间。

她不在意老公去了哪里,也不管孩子在哪里疯跑,她的幸福正如歌中唱的那样:"我要一所大房子,有很多很多的房间。一个房间有最快的网路,一个房间有我漂亮的衣服,一个房间一个房间……"

她想,这所房子要住很久的,一定不能马虎。

整整一年时间,她全心全意投入在她的新房子里,等到一切安置妥当,准备搬家的时候,她才发现,她好像很久很久没看到老公了,寄宿在学校里的孩子,也已经很久没有联系了。

如今,小静的老公有了另外的女人,为了与她离婚,宁愿净身出户;孩子大了,寄宿在学校,没时间回家,小静一个人,住在让人羡慕的大房子里。

有时候会胡乱地翻书,却看不到文字;会漫无目的地上网,却没有固定的网友。她最大的乐趣就是打扫,这要花费很长的时间,直到粉红色的床纤

尘不染,平整得没有一丝褶皱;直到厨具餐具泛起光泽,发出耀眼的光芒;直到书柜上的瓷器、摆件错落有致,像静物写生的布景……她把她费尽唇舌讲好价钱,小心翼翼搬到这里的东西打扫得干干净净,却很少能用得上什么。她的大房子里,连寂寞都是大张旗鼓富丽堂皇的。

　　不知道在这所房子里,小静能住多久,如果心室不是一座豪宅,到哪里,都改变不了漂泊的宿命。

第五辑

我没有草原，但我有过一匹马

佛是什么？佛，就是世间最大、最明亮、最包容、最无私无欲、无怨无悔的爱啊。

那个不像我的人

萱小蕾

一

我不知道他是从什么时候开始恨我的。

我与他之间感情的疏离，似乎并没有一个完全明显的分界点。早先我还年轻时，离开教师岗位，调进一家国营工厂，并通过自己的努力当上了厂长。风光的那阵子，被他的姥姥相中。他的妈妈很善良，但也懦弱、没主见。就这样，我成了他妈妈的丈夫，随后成了他的父亲。

儿时的他应该是快乐的。他的妈妈总是低眉顺眼地把全部的慈爱都给了他。而我，可以让他拥有比同龄人物质上更多的丰足。记得他抱着我给他买的会响的玩具机关枪、上了电池就能跑得飞快的玩具汽车，足足在小伙伴前炫耀了个够！他大声说：我的爸爸是世界上最好的爸爸！

幸福的时光并没有持续太长时间。国营厂倒闭，我风光不再，成了无业游民。他精明的姥姥上门来了。她气鼓鼓地说，"你不赚钱，怎么养家？怎么疼老婆孩子？"

我唯唯诺诺，大街小巷去晃荡。好容易看一家单位招临时工，竟是与几个以前在厂里的手下一起竞争岗位。我脸面全无，工作高不成低不就，终日无果。他妈妈什么话都不说，只是自己默默早出晚归到工厂做工。他姥姥依旧天天上门，讽刺怒骂。

想到自己曾经的风光，我开始仇恨。压力慢慢变成了一个怪圈，我唯一

131

愿意做的，就是用酒来刺激自己的那点可怜的自尊心。

后来，我东拼西凑借了几万块钱，跟几个朋友合伙办了一个小型模具厂，效益虽然一般，但多少让我对生活有了些期望。但我抗拒不了烟酒和赌博带给我的刺激。

醉后回家，总有倾诉的欲望。他的妈妈忙着赚钱养家，她不责怪我，但也不理我。我想跟他说话，他眼里的不屑刺痛了我脆弱的神经。我以为，全世界都可以不再尊重我，只有他不行！我多希望他能站在我这边，能理解我的颓废，理解我的堕落。我觉得，他应该站在我这一边才对，可是他没有。于是我打他，他不求饶，也不哭，咬得嘴唇出血也不出声。看到他眼里的仇恨，我心里的爱也一点点破碎，转化成更严厉的打骂。

一个夜晚，他妈妈值夜班。吃晚饭的时候我回家，看见他脸色铁青地躺在床上，看都没看我一眼。我不想在这冰冷的家再多待片刻，便出去找赌局。

半夜我才回来，他还在床上躺着，衣服都没脱。我忽然发觉不对劲，我走过去想叫醒他，他软绵绵地蜷缩着，身体的滚烫吓坏了我。

"儿子！"我急得快哭了，抱起他想往外跑。恍然间，我才发现，他已经那么高、那么重了。我抱不动他了。我的大喊大叫终于惊动了邻居，帮我把他送到了医院。

医生皱着眉头说："你们怎么当家长的！赶紧办住院手续！"

我摸摸口袋，分文没有。刚才的赌局，血本无归。邻居李婶鄙夷地看着在医院走廊里来来回回的我，回家取了钱交到我手上。她说了一句至今让我想起来就心寒的话："投胎做你儿子，真是倒了八辈子霉了！"

我守在他身边，看着毫无血色熟睡的他，眼泪就掉下来了。他睁开眼睛看到我，扭过头去问："妈妈呢？"就再也不跟我多说一句话。

过了一会儿，他妈妈心急火燎地赶了过来，抱着他就开始哭。我成了局外人，心里刚升腾起的一丝温热和愧疚，顷刻间消散了。

二

他上中学后，再也看不到他的成绩单。再后来，他索性不上学了，留了长发，打了五六个耳洞，穿破了洞的牛仔裤、有奇怪图案的衣服。我哪里看得惯他那个样子？但我再次扬手打他时，他一把抓住了我的手，冷冷地甩开，然后扬长而去。

这时，我才愕然惊觉，他已经成长为一个血气方刚的俊朗少年。

有天，接到他老师打来的电话，说他三天都没有去学校。接到那个电话时，我正跟一帮狐朋狗友开怀畅饮。这才想起，我已经几天没回家了。

我离开酒场，直奔街上的网吧，一家家找过去。找到他时，他正叼着烟，坐在小隔间里对着电脑玩游戏。我气急败坏地冲过去把他揪起来，叫他跟我回去。他像不认识我一样，咬着嘴唇，冷冷地回敬我："你都不回去，凭什么叫我回去？"

我恼羞成怒，借着酒劲发飙："你这个不长进的东西，目无尊长，不学无术，你看看你的样子，我真是以你为耻！"

他漠然地看着我，字字如刀："你好哪去？你酗酒嗜赌，不务正业！你以为我以你为荣吗？"随即，又低下头玩游戏。我终于爆发了，当众对他大打出手，并撕扯着他的衣服狂吼："臭小子，你吃我的穿我的，养你这么大，你却这个态度对你老子！"

他傲然说道："算了吧，我身上没有一样东西是你买的，家里吃的用的都是妈辛苦赚来的，你的钱都在你的酒里面，别说得那么好听！"

一直以为，我没有成就不要紧，还有一个儿子可以给我希望，但他那个样子，让我彻底失望了。

但我已经没有力量再打他了。他长大了，变得更强壮，更陌生，更遥远……有时，我会黯然伤神——就当我没有这样一个儿子吧，我本来就是孤身一个人。

三

他勉强混完了高中，最终在妻和丈母娘的劝说下来我的工厂做学徒工。

我带他去应酬酒局，让他给那些朋友一个个敬酒。他瞟了我一眼："我不喝酒，不要让我跟你一样！"我无言以对。

志不同道不合，他做了不到一个月，就甩手走人了。再见面时，听说他有了女友。他不再回家，跟女友在外同居。再看到他时，发现他剪了短发，穿了中规中矩的衣服。问他，说在一家机械公司做了技工。

若不是妻病了，我不知道他会什么时候回家。但妻病得很严重，是癌症晚期。家里人通知了他，他心急火燎地回到家，每天守在病床前悉心照料他的母亲。丈母娘悲伤之余，不忘每天骂我几遍，都怪你这个没用的男人啊，我女儿的病都是你气出来的。我的那点愧疚之心，也被骂的失去了意义。

全家人都视我如仇，我就在不归途越走越远，既然他们如此厌恶我，我又何必苦苦期待那一份温情、那一份天伦之乐？

妻医治无效，与世长辞……妻那边的所有家人亲戚朋友都当着面、背着面骂我不是人，骂我要遭报应。只有他，沉浸在巨大的悲痛中，却一言不发。

没有妻的家已经不复往日的整洁和温馨。夜里，我低低叹气，看见阳台上有红色的火星一闪一闪，过去一看，原来是他躺在摇椅上吸烟。借着白月光，烟头一明一灭，我瞥见他年轻的、泪流满面的脸，心中一痛，把披在身上的外套轻轻给他盖上，想说点什么，张了张嘴，却终究哑然。

我忽然觉得愧对他。转身蹒跚着回卧室，黑暗中被茶几绊了一下，他像安了弹簧，一跃而起，急步过来扶住我，责怪着："怎么这么不小心？"没有称呼，没有太多的温情，但我心中一暖——分明感到一种隐藏的关心。

黑暗中，两个男人的手无言地握在一起，他的掌心很有力。多年来，我们父子没有这么亲近过。我竟然有点辛酸和欢喜，希望今后能在他的陪伴下，走过苍茫的余生。

但不久，他又离开了家，去市里打工了。我知道，如今，他再也没有回家的念头和必要了。

四

春节快到了，我一个人待在家里，孤寂而冷清。忍不住给他打了电话，想叫他带女友回来过年，他语气很冷，只说考虑一下。

腊月二十八，他回来了，我叫上他一起去买年货。上了公车，我们面对面坐在公车的前面位置。车开了一段，后门上来一个年纪很大的老头，衣着破旧，提着麻布口袋，举步维艰。车上人多，乘务员叫大家让个座，没人理会。他站了起来，抬头叫，大爷，前面来坐。

那大爷没听到，手紧紧握着车上的栏杆。他站起来，挤到后车门边，将大爷扶到了座位上。我动容地看着他，像从来都不认识他一样。他依然一副淡漠的表情，仿佛什么也没发生过。

春节，他跟女友在家住了下来，然后办了结婚手续。我发现他跟她在一起，从不争吵，出出进进都一起来去。他不沾酒，烟也很少抽，夜里从不晚归。他们工资不高，却存了钱帮他母亲置办了一块很好的墓地。

我突然发现，我并不了解他。一直以为，他不听我的话，不听我的教育，不爱学习。而现在，他身上却显现出与我相反的品质：孝顺，正直，有爱心，负责任，脚踏实地……

而我，却变成他的反面教材，他没有一个地方像我，就连长相，也像了他的母亲。我身上的所有恶习，他都没有，我身上不具备的好品质，他都有。我突然很庆幸他不听我的话，所以逐渐造就了一个跟我完全不一样的他。

他没有抛弃我，给了我机会。休息日，他会回家，吃我为他做的饭，喝我为他准备的饮料。这些事，从前我从未为他做过。哪怕一罐可乐，我也没有为他买过。虽然他还是很少跟我讲话，但他能回来，我已经很感激了。

浑浑噩噩了大半辈子，我开始醒悟，虽然有些晚。我戒了酒，跟所有的

赌友都断了联系。我还把自己在厂子里的股份转让了，把钱交到了他的手上。他却没有接，面无表情地说："你自己留着吧。"

我半生的堕落，他一一看在眼里，记在心里，但他一直在那条洒满阳光的路上等我，等我找回自己，等着我幡然醒悟。原来我一直想教育的他，却最终成了我下半生最好的教材。

我知道，从此将会与他默默携手同行，度过一个个安然的日子。时光不饶人，岁月刚刚好，天地为我们父子，不荒不老。

我唯一的翅膀在你那里

朱成玉

那一年我上高中，家里正是水深火热的时节。屋漏偏逢连天雨，本来就家境贫寒，又遭遇了一场大冰雹，把地里所有的农作物都打成了残疾，这意味着一年的收成都泡汤了。父亲在一夜之间灰白了头发，不仅仅是为了他的庄稼，也为了那个是否让我退学的难题。

无论如何，也不能让孩子中途退学。这是父亲对我和他自己的承诺。由于生活窘迫，我在学校里处处捉襟见肘，那点可怜的生活费我要精打细算到每一分每一毛。在食堂吃最便宜的饭菜，而且每顿饭都吃个半饱。即便如此，兜里的那点硬通货每月还是早早就"举手投降"了，向生活缴了枪。

同学们自发的一些活动我从不参加，我的"小气抠门"是我的"死穴"，在他们攻击我的时候常常令我无还手之力。但我也有自己的骄傲，那就是我的学习成绩一直名列前茅，还有我的篮球水平，在学校里也是数一数二的，它可以让我一直挺直着腰板，永不低头。

学校里要举行篮球赛，作为班级的主力，我是必须要上场的，可是摆在我面前的一个难题是，我要穿什么鞋子去比赛？我羡慕同学们脚上那一双双白得耀眼的运动鞋，有阿迪达斯的，有耐克的，如果能穿上那样一双鞋子在篮球场上飞奔，该是多么潇洒，多么英姿飒爽啊。

可我只有两双布鞋，脚上的这一双和包里的那双新的，都是母亲自己缝制的，虽说那是母亲一针一线缝制出来的，但我并未感到舒适过。因为它只能踩在家乡的山路上，一旦踏上城市那做了各种标记的马路，我的脚就像踩到了炭火上，格外难受。因为我看到人们看我时总是先盯着我的鞋子看，我

137

看到他们的脚上穿的都是漂亮的鞋子，那个时候我是气馁的，一双鞋子泄露了我难于启齿的身世：一个穷酸的"土包子"。有一次父亲来，同学们喊我："你爸在校门口找你。"我问他们怎么知道是我父亲，他们说："因为他穿了和你一模一样的鞋。"接着是一大帮人肆无忌惮的笑，很坏的笑，能把人撕碎的笑。我看着脚下的鞋子，这贫穷和寒酸的象征，我恨不能一下子把它踢到南极去，让它再也不回到我的脚下。

所以我决定向父亲要一双运动鞋。尽管我知道它很贵，尽管我一向都很乖，很能体谅父母。那些天的夜里，我只做一个梦：我穿着白得耀眼的运动鞋，在篮球场上飞奔。我不停地扣篮、扣篮，我像长了翅膀一样，我飞了起来！

那时我还不知道家里遭了灾，在电话里还不忘跟父亲幽默一把："老爸，您儿子山穷水尽啦！"父亲对家里的灾难只字未提，装作轻松地说，"别急，老爸明儿个给你送钱去，让你柳暗花明。"

我没想到父亲会亲自把钱给我送来，往常都是直接通过邮局就汇来了。我埋怨父亲糊涂，不会算账，这往返的路费要比那点汇费多很多呢。可父亲说他是搭别人的车过来的，没花钱。"那回去呢？"我还在为父亲的愚钝不依不饶，父亲却不恼，他一辈子都没有恼过，他憨笑着说，这不顺道还能看看你吗！

梦终归是梦，现实还是把它打回了原形。当我向父亲说出要一双运动鞋的时候，他显得很尴尬，他说他没带闲钱来，他支支吾吾地说对不起。"只要你球打得好，同学们就会给你鼓掌的，谁会在乎你穿什么鞋子呢？"父亲自己都觉得这个安慰有些牵强，所以说的时候声音很小，仿佛自言自语一般。

我哭了，当着父亲的面。其实我完全能预料到那样的结果，父母是没有闲钱买这些奢侈品的。但我还是哭了，哭得很委屈。父亲站在那里，不停地搓着两只手，像个做了错事的孩子，显得手足无措。没和父亲说再见，我扭头就回学校去了。

运动鞋的梦想从此彻底破灭了。我想我不能在全校的同学面前丢丑，

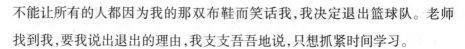

不能让所有的人都因为我的那双布鞋而笑话我，我决定退出篮球队。老师找到我，要我说出退出的理由，我支支吾吾地说，只想抓紧时间学习。

其实他们哪里知道，我是多么想在篮球场上奔跑啊！

就在比赛的前一天，门卫打电话过来，说有人找我。我在校门口看到了父亲，他的手里拎着一双崭新的运动鞋，耀眼得白，让我睁不开眼睛。我以为自己仍然在梦中，直到父亲催促我穿上试试的时候，我才敢确定这是真的。尽管不是名牌，但足以令我爱不释手，它真漂亮，我愿意叫它"白色天使"。我忍不住问父亲，怎么舍得花钱买了它？

父亲说，自从那天听了我的心愿之后，他就忍不住去了商场，打听那些运动鞋的价钱，准备回家取钱给我买。可是每一双鞋的价钱都让父亲倒吸一口凉气。在柜台前，他盯着那些运动鞋，其实是在看他儿子的心愿。正巧人家在搬货，嫌父亲挡道，就一个劲地往边上撵父亲。父亲是个干活的人，看不惯他们干活的样子，像小孩子们过家家一样。他忍不住替他们搬起货物来，以一当仨。搬完后，老板非要给他些酬劳，他却不肯收。他说就帮了这么点忙，怎么好要钱呢？可老板却坚持要给他，他就指了指货架上的那双运动鞋，挠着头，不好意思地对老板说，俺给你干一星期活，换那双运动鞋行不行？老板犹豫了一下，但还是同意了。

那一个星期对父亲来说，是一种多苦的煎熬啊。出力倒没有什么，关键是吃饭和睡觉的问题。因为口袋里没有几个钱，父亲只好每天吃一顿饭，而且每顿饭只吃一个馒头。晚上没地方住，父亲只好到桥洞里去对付，被蚊子咬得满身是包……

"就这样，鞋子到手了。"父亲不无得意地说着。我却再一次流下了眼泪。父亲慌了："怎么了，不满意这个样式？那我可以去给你换……"我一个劲地摇头，说满意。"都大小伙子了，别总掉眼泪。"父亲怕了一下我的肩膀，说要趁早往家赶，要不晚上就到不了家了。100 多里路，父亲坚持要走着回去。

我急了，一把拽住父亲，问他是哪个商场，我要把鞋退掉，为父亲换一张

回家的车票。父亲死活不肯，我抱着父亲说，爸，相信我，没有这双鞋子，我一样可以堂堂正正地走路。

那一刻，我感觉自己一下子就长大了，真正地长大了。

那场比赛，我穿着朴素的布鞋上场了。我不停地飞奔，不停地投篮，不断地把球投进篮筐，威力无比，势不可挡。仿佛长了翅膀一样，像是在飞翔。在飞奔的时候，我想到的是父亲；在投篮的时候，我想到的是父亲，我要让父亲知道，我是他最棒的儿子。

从此，我在学校里有了和乔丹一样的绰号：飞人。

从那以后，我更加勤奋地学习。终于在第二年的夏天，考取了梦寐以求的大学。我成了我们山村里飞出去的"金凤凰"，我真的会飞了，是父亲给了我坚强而自信的翅膀。

父亲，我唯一的翅膀在你那里。只有你，可以让我飞翔。

我没有草原，但我有过一匹马

凉月满天

这是一个作家的文章题目。文章内容没读过，我只见过这个人。

一个盲人。

河北省第一届散文大赛，他获得一等奖，就是凭的这篇文章。一个七尺高的汉子，被搀扶着，摸摸索索上台发言，大家都看得见，就他看不见。患疾失明时，大学毕业还不到一年，如今看样貌已经40岁。本来觉得自己30岁失声够惨，和他一比，我觉得可以跳一段新疆舞表达被命运眷顾的幸运。

他在台上讲挣脱与突围，讲命运与苦难。这个我明白，每个人的生命都有禁制：疾患是禁制，病苦是禁制，工作是禁制，家庭是禁制，连爱情都是禁制。史铁生对一群盲童说，残疾无非是一种局限。"你们想看而不能看。我呢，想走却不能走。那么健全人呢，他们想飞但不能飞。"

一个朋友如今正处于要命的两难阶段，想换工作，又舍不得现有的待遇；不换工作，又忍受不了缓慢、沉闷的气氛。他很憔悴。他急需突围。

每个人都急需突围。

读一篇小说，一个年轻人自幼失明，隐居山谷，一日突逢变故，被迫出山，以一个目盲之人的尴尬，面对种种大千世界。他的师父亡故之前，对他反复叮嘱，说你不要出山，一定不要出山，山外的世界太纷乱。可是他毕竟出了山，见识了情天恨海，见识了肝胆相照，见识了国仇家恨，到最后，竟然又由于偶然机缘，见识了大千世界——他复明了。原来天是这样的，地是这样的，花、草、树、鸟、沙是这样的，爱人，原来你是这样的。

那一刻，他的心里鼓胀的，是对生命的满满的爱，与感恩。

而那一刻后，他却被告知，他的目疾原本不过小事一桩，他的师父不知出于什么原因不肯替他根治。他先是怔住，后来明白，师父想让他目盲隐居，躲开世间一切。就像黛玉自幼多病，和尚化她出家，父母自然不肯，和尚便叮嘱不可让她见外人，不可听见哭声，方可平安了此一生。可她毕竟仍是见了宝玉，于是一生悲啼，于是青春夭逝，花落萎地。

可是，若是让她选，她选哪一个？

若是让你选，你又怎么选？

小说里这个青年，即面临同样的选择：是选择复明，然后游走世间，百愁千恨俱尝遍，还是仍旧保持失明，回到山谷，过平平淡淡的一天天？如果他选复明，还得要经过万针攒身的疼痛试炼。可是他却仍旧选择把身上扎满针，像个刺猬，在疼痛苦楚中，迎接太阳喷薄而出的黎明。

你看，挣脱的不是禁制，是命运；突围的不是命运，是自身。

而这篇文章的作者，却是连这样的选择也不能有。他被妻子扶着，走在参观酒厂的路上，别人看得见的路，他看不见；别人看得见的水，他看不见；别人看得见的菜色丰盛，他看不见；别人看得见的笔走游龙，他看不见；别人看得见的酒罐、酒缸、酒坛、酒瓮，他看不见。

可是他却说：我在我的生命中，发现了我的真理，这个真理只有一个字：爱。周围许许多多的人，眼目明亮，人声喧嚷，歌声鼎沸，透过面皮可以看得见许多叫嚣的欲念，却独独于这个失去光影世界的人那里，我听到了这个字，纯净如水晶。

爱世界，爱他人，爱自己，爱命运。他凭借目盲，竟然超越心灵的最大局限。

那么，假如说，局限是自己给自己设置的呢？

假如你这样想：也许你的身体赞同完整，赞同健全，你的心智赞同完美，但是，你的心灵却渴望能够在一种不完整、不健全、不完美的境地中体验一下自己究竟会有多强大，能够走多远，于是，你的灵魂导演了这样一出出的好戏，囚禁你的身体，试炼你的心智，从而逼迫你的潜能，引导你走向最后的真理——我们不是命运的被动承受者,而是命运的创造者。我们创造了不完美,来证明我们的完美。假如这样想,你会不会好受些?

那么,每个面对苦难,陷身局限的人,都是勇敢的人,都有狮子的勇气。即使没有草原,也有自己的马,鞍辔加身,长声嘶鸣,骑上它,闯天涯,天涯尽头开满花,每个花心里都端坐着一尊佛。

这位作家说他请过许多的书法家,为他写过相同内容的八个字:目中无人,心中有佛。佛是什么? 佛,就是世间最大、最明亮、最包容、最无私无欲、无怨无悔的爱啊。

中国传统"慢生活"

凉月满天

中国的传统生活方式就是一个字：慢。

过去人们没有钟表，所以也就不会像现代人那样把自己的生活节奏精确到几点几分甚至几秒，所以这个"慢"字体现在各行各业：

比如渔翁。柳宗元的"孤舟蓑笠翁，独钓寒江雪"，就活画出一个悠闲垂钓的老渔翁，心地安恬，心思清简。如果说这里的渔翁还是大冬天的"耍闲"玩，那么下面这首诗里的渔翁，可就真是慢慢钓鱼了："一蓑一笠一扁舟，一丈丝纶一寸钩。一曲高歌一樽酒，一人独钓一江秋。"

比如佣工。《儒林外史》写到两个低级佣工："日色已经西斜，只见两个挑粪桶的，挑了两担空桶。歇在山上。这一个拍那一个肩头道：'兄弟，今日的货已经卖完了，我和你到永宁泉吃一壶水，回来再到雨花台看看落照。'"货卖完了也不急着赶回家，哪怕面临的生活压力再大，也没有磨灭他们缓慢、悠闲的情致。

而陶渊明的《桃花源记》里，寥寥数笔，就描写出理想的中国农民的慢生活："土地平旷，屋舍俨然，有良田美池桑竹之属。阡陌交通，鸡犬相闻。其中往来种作，男女衣着，悉如外人。黄发垂髫，并怡然自乐。"

他之所以辞官归隐，就是因为官场的生活节奏太快，人太浮躁，太功利，不宜养心，于是他才回到家里，过他那隐士般的，理想中的"慢生活"：自斟自饮地喝一点小酒，闲晃到小屋的南窗看看窗外景色，随意步入园中，抬头看看天上流云，伸长脖子看看云外飞鸟，手流连在孤松身上，不知不觉，已天色当晚。（"引壶觞以自酌，眄庭柯以怡颜。倚南窗以寄傲，审容膝之易安。园日涉以成趣，门虽设而常关。策扶老以流憩，时矫首而遐观。云无心以出岫，鸟倦飞而知还。景翳翳以将入，抚孤松而盘桓。"——《归去来兮辞》)

只有这样缓慢、悠闲的生活，才会让他发出由衷的感叹："寓形宇内复几时，曷不委心任去留？"的确，人活一世，不过数十载光阴，不好好享受生活，还要被快节奏的虚荣浮华的生活方式牵着鼻子走，太吃亏了。

所以，孔子才会教育后人"欲速则不达"，而"慢生活"才会在现代重新被大张旗鼓地提倡。为了让生活和心态都能够既慢且闲，淡泊宁静，我们很有必要从中国传统的生活方式中汲取力量：

古人吃饭是慢的，即使是熬粥，也会小火慢熬；做菜也一道一道，不怕费工费料；吃起饭来讲究"食不言"，细细嚼。圣人更讲究"食不厌精，脍不厌细"，那么精细的食物，当然是要细细地吃。一方面，可以慢慢品尝食物的味道；另一方面，则反映了珍惜粮食，欣赏滋味，感恩上天的心态。

古人走路也讲究一个"慢"，当然了，用文雅的词叫"意态悠闲"，万不可急三火四，否则就要叫人鄙视为"没教养"。这样的走法确实是有道理的，背着双手，慢慢地走，纷乱的心绪渐渐沉淀，双眼看看地看看天，整个人由身到心都不由得舒缓宁泰。

古人读书也慢，所谓"纸屏石枕竹方床，手倦抛书午梦长"（北宋诗人蔡确《夏日登车盖亭》)，兴致来了便读，读困了便睡，不会强撑着眼皮，把东西一股脑硬往脑子里塞，塞进去也消化不了，憋得痛苦难耐。"头悬梁锥刺骨"都是为的赶科考等功利目的，真正爱读书的、做学问的，反而不会这么干。

古人写作尤其是慢。贾岛的"二句三年得，一吟双泪流"已经够慢，曹雪芹更是一生只写一本书，就这一本书，"披阅十载，增删五次"，结果就是成就现在一个文学大流派："红学"。现在的写作者追逐热点，一味讲究制作快餐，三两个月出一本书，像这样的"慢写"几乎绝迹。

古人的爱情也很慢。现代人能够迅速搞定的一整套从陌生到相熟，从相熟到相恋，从相恋到结婚的程序，古人却有耐心花费好长时间。小时候，中国农村还没有被快节奏淹没，两个农村小儿女，可能要花费三年时间才能

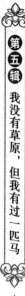

拉手，再花费三年时间才能接个小吻，再花个三年时间才能够结婚，就这，还算是快节奏……

如果说李商隐的《无题》"身无彩凤双飞翼，心有灵犀一点通。隔座送钩春酒暖，分曹射覆蜡灯红"，是两个有情人的节奏缓慢地玩暧昧；那么柳永的名篇《雨霖铃》"执手相看泪眼，竟无语凝噎。念去去、千里烟波，暮霭沉沉楚天阔。多情自古伤离别。更哪堪、冷落清秋节。今宵酒醒何处？杨柳岸晓风残月"，便是两个确定关系后的恋人分别时的千般不舍，万般挂念；而李商隐的"君问归期未有期，巴山夜雨涨秋池。何当共剪西窗烛，共话巴山夜雨时"呢，便是结为连理的夫妻相隔异地时长长久久的思念。

没有电话，没有火车，没有飞机，没有视频，一切快捷手段都没有，而爱情，便被封存在两个人的心里，长久发酵，滋味浓醇。

古人信奉"读万卷书，行万里路"，所以他们对旅游的热衷丝毫不亚于现代人。虽然没有交通上的便利条件，胜在心态悠闲。公元 848 年 9 月，杜牧从浙江出发，要到长安当官，一路上也不着急，游游山玩玩水作作诗，抵达目的地已经是 12 月，真有闲情逸致，这些从他的诗里处处可见，诸如"闲爱孤云静爱僧""景物登临闲始见，愿为闲客此闲行"等。

古人的旅游既包括闲闲的短途观景，比如唐人李涉的诗《登山》中所写："终日昏昏醉梦间，忽闻春尽强登山。因过竹院逢僧话，又得浮生半日闲"；当然也包括闲闲的长途旅行，带上干粮，背上行李，骑上瘦驴，一路慢慢行走，所以才会写得出这样的文字："枯藤老树昏鸦，小桥流水人家，古道西风瘦马。夕阳西下，断肠人在天涯"（马致远《天净沙·秋思》）。现在的旅游者被一大群人裹挟着向东向西，这份"浮生半日闲"的安适和"断肠人在天涯"的凄婉就完全体会不到了。

朋友之间，交往也慢，既随意，又悠闲。所谓"我欲醉眠君且去，明朝有情抱琴来"即是说的这种情形。白居易有首《问刘十九》"绿蚁新醅酒，红泥小火炉。晚来天欲雪，能饮一杯无"，两个好友对坐，小酒慢慢喝着，有话慢慢聊着，友情就那样一点一滴地，积攒起来了。

在一则小故事里，有一个人去很远的人家做客，结果等他到的时候，主人正睡觉，他就坐在门口等主人出来，等着等着，他自己也睡着了。主人出来一看，客人在睡，哦，别叫醒他了，我也继续睡吧，于是他也坐在一边睡着了。结果客人醒来一看，哦，主人来迎接我，又睡着了，那我也继续睡吧。就这么，一天过去了，天黑了，客人也就回家了。主人和客人之间，就被一种淡然、随性的友情萦绕。

古时候邮路传递信件也慢，一封信件发出，驿站一站一站递转，不知道多久对方才能收到。而有的时候，连这样的条件都达不到，那就只好请人捎口信报平安。所以才会有岑参的诗："故园东望路漫漫，双袖龙钟泪不干。马上相逢无纸笔，凭君传语报平安。"消息慢慢行走在千山万水之间，一头连着递者，一头连着受者，时间越长，发酵时间越久，思念越醇厚。而思念之后的相见，分外激动与温暖。

所以，总的来说，古人就是在慢生活。明人刘侗在《帝京景物略》中记载一件趣事："日冬至，画素梅一枝，为瓣八十有一，日染一瓣，瓣尽而九九出，则春深矣，曰九九消寒图。"一幅画，一直画九九八十一天，日子也慢，心也悠闲，才有心思一笔一笔画梅瓣。

而慢生活中的诗意无处不在，就像张潮在《幽梦影》里所说："春听鸟声，夏听蝉声，秋听虫声，冬听雪声；白昼听棋声，月下听箫声；山中听松风声，水际听欸乃声，方不虚此生耳"；更有"春眠不觉晓，处处闻啼鸟。夜来风雨声，花落知多少"的诗情画意传唱千年。

想想看，我们有多久没有侧耳倾听过鸟声、蝉声、虫声、雪声、棋声、箫声、水声、橹声、风声、雨声了？之所以没有听，是因为我们步调不肯慢，心态不肯闲；所以饮食是"快餐"、娱乐是"快餐"、阅读是"快餐"、感情是"快餐"、相亲是"快餐"、结婚是"快餐"……快快吃完，快快工作；快快干完，快快休闲；快快读完，快快卖弄；快快爱完，快快结婚，什么都快了，就像一个作家说的，人生原本是一条小溪，九曲十八弯，一路上水声潺潺，结果却被一辆大汽车轰隆隆把水拉到海边，一股脑倒下去，十足的煞风景。

现代人之所以不敢"慢"，一方面是怕有了闲工夫，就标志着自己无所事事的堕落；一方面是怕有了慢心情，自己成了温水里的青蛙，丧失了冲劲和斗志。生怕如果不快点运转，就会被生存的压路机压扁。说白了，是恐惧心理在作祟。

事实上，古人那么闲也没有堕落，中华五千年的灿烂文明，就是被"慢生活"的古人创造出来的；那么慢，却也同样创造了浩如烟海光辉灿烂的诗篇。慢生活，并不是颓丧、无聊、混吃等死地打发时间，而是标志着一种积极的生活态度和健康的心理状态，它出自于对人生的高度自信。所以，你只需要告诉自己"我是受命运眷顾的，一切都是足够的，什么都能够顺理成章地解决"，你的步调自然也会渐渐放慢，你的心情也会逐渐的悠闲、更悠闲。

曾经有一个问题这样问："你是来生的，还是来死的？"若回答是来生的，那就选择慢生活吧；如果回答是来死的，那只管去快，最终身体疲惫，心理疲惫，一路"奔死"，头也不回——人心是枝头的花，过快的生活节奏最容易吹落了它。

发包子的"洋雷锋"

张珠容

托尼是一个标准的"富二代"，他出生在英国，父母经营着一家很大的跨国公司。托尼虽然从来都不为生活发愁，但他并不开心，因为他每天接触的都是有钱人家的孩子，只要一碰头，这些"富二代"就会相互吹嘘和攀比。

直到上高中，托尼才找到了人生当中的第一个知心朋友。这个人名叫威尔斯，是一家酒吧里的服务生。威尔斯不仅出身贫寒，而且从小就失去双亲。但是，他乐观开朗，从不抱怨。托尼偶尔会问他有什么发愁的事情，他会故作神秘，然后幽幽地说上一句："有！我昨天吃了一个酸掉的面包，但愿今天别拉肚子，或者拉完肚子之后我还有力气吃下一顿饭！"托尼深深被威尔斯的性格感染了。

几年之后，托尼大学毕业了，走进英国皇家海军当了一名电子工程师。威尔斯则自己开了一家小酒吧，依然每天灿烂地生活着。又过了几年，托尼接受了威尔斯的建议，辞去工程师的工作然后创建了三家公司，过上忙碌而又自由的生活。威尔斯的酒吧始终没有扩大规模，因为他常常免费招呼一些浑身脏臭的流浪汉，引起很多人的反感，所以到他那里光顾的顾客越来越少。对此威尔斯却一点也不在乎："这些流浪的人也有苦恼，也需要喝酒调整一下情绪，所以我得帮帮他们。"

托尼和威尔斯的友情如酒一般，愈久愈浓烈。但是，世事难料，2003年的一天，还在公司里忙得不可开交的托尼接到了让他难以置信的噩耗：威尔斯在一次车祸中丧生！

托尼为威尔斯的死沉沦了很久。一次，他再也忍不住对好友的思念，去

了威尔斯原先开的那家酒吧。酒吧所有的东西都没有改变，新主人和威尔斯一样开朗乐观，也天天热情地接待流浪汉。看到这一幕，托尼万分惭愧：酒吧的新主人与威尔斯素不相识，却甘愿为流浪汉做贡献，可自己呢？托尼当即决定：接过威尔斯手上的接力棒，为更多流浪者服务。

几个月之后，托尼不顾家人的反对，卖掉了三家公司、房子以及两辆跑车，然后将钱存进银行。之后，他远赴中国西安做慈善。之所以选择中国，是因为托尼从小就迷恋中国，而且学过汉语。

他在西安的五星街落脚之后，就开始在大街上寻找需要帮助的流浪汉。一天，在大街上闲逛的托尼就被一个女流浪者拉住了。她问他要钱，托尼犹豫了片刻，然后用生硬的中国话问她："你为什么要去流浪？你现在肚子饿吗？我带你去餐馆吃饭可以吗？"

没想到，女流浪者听到托尼的问话之后头也不回就走了。望着她坚决离去的背影，托尼突然想起了威尔斯曾经在酒吧里招待流浪汉的情景：他从来不问那些人来自哪里、为什么流浪和以后有什么打算。他突然明白，每个人都有自己的生存方式，自己应该尊重他们。

为了弥补过失，托尼制订了一个慈善计划：固定每周一买来包子和稀饭，发放给路上的流浪者。刚开始，很多流浪者怀疑托尼给他们发包子有什么动机。可随着时间的推移，他们渐渐发现这个外国人只是想单纯地做慈善，让他们吃顿饭。于是，接受托尼施舍的流浪汉慢慢增多，从最初的几人加到几十人。几个月后，托尼开始忙不过来。他干脆固定下地点，然后通知那些流浪汉于每周一下午的6点到五星街一间简易房内领包子。

托尼的善举让几个澳大利亚和中国的朋友备受感动，他们主动加入了他的慈善行列。

虽然他们的行为得到了大部分人的赞赏，但也有一些人反对："很多流浪者都有手有脚，完全有能力自力更生，如果你们一再资助他们，只会增长他们的惰性。"

对此，托尼说了自己的看法："我不会去判断谁是真的，谁是假的。每个人的能力都不一样,比如残疾人、老人或者智力有问题的人,他们没办法选择生活。而有些人虽然身体健全,但他们暂时不想改变,那么,由他们好了,我们的工作只是给他们提供服务。中国不是有一句成语叫'瑕不掩瑜'吗?只要大部分流浪汉是真的,我们可以帮到他们,这个事情就有意义!"质疑的人再无话可说,流浪汉们听到托尼的这些话时则纷纷感动得落泪。

转眼之间,时间到了2005年。两年多时间以来,托尼和几个志愿者朋友风雨无阻地给流浪者发放免费晚餐。为了提供更方便的服务,托尼在西安建立了一个慈善机构——"黄河慈善厨房"。他给"黄河慈善厨房"订下两个目标:为需要帮助的人提供帮助,给想要帮助人的人提供平台。托尼给流浪汉发包子的频率也增加了,从原先的每周1天发展到现在的每周3天,他的慈善机构还提供了理发、洗澡、发衣服、发被子等服务,让每个流浪者更舒适。每当"黄河慈善厨房"有新来的志愿者,托尼都会交代他不要问对方为什么要乞讨、为什么不去上班等问题。

托尼的几个热包子,给身处都市的流浪汉带来果腹感的同时,也改变了他们当中很多人的命运。

老闫只有35岁,商洛人。小的时候,一场大病让他几乎失明。更不幸的是,没过多久,他的亲人就相继离世。老闫不得已,只能外出流浪,靠拾荒过活。听说托尼这里有发放包子,他就来碰碰运气。没想到,一到五星街的那座房子,老闫就看到托尼拿着几个热腾腾的包子朝他走来。他当即热泪盈眶:"在这里,我像回家了……"

王石在一次车祸中失去了右腿。之后,王石的妻子带着女儿离开了他。他一时心灰意冷,于是干脆破罐子破摔,流落街头。听说西安有"黄河慈善厨房"这么一个机构,王石每周都过来。在与王石接触的过程中,托尼看得出来他不想放弃自己。托尼于是和几个志愿者合力帮忙,联系到一家假肢制造企业,给王石免费提供了服务。王石的腿治疗好之后,托尼又托一个朋友给他联系了一份工作。现在,王石已经过上了稳定的生活。

……

在"黄河慈善厨房"流浪汉队伍里，像老闫、王石一样被改变命运的人还有很多，他们接受了托尼的帮助之后，相继离开了流浪队伍，各自去寻找新的生活。

从 2003 年到现在，托尼个人在"黄河慈善厨房"投入 70 余万元，有上千名志愿者加入，他们为无数流浪汉传递了正能量。目前，"黄河慈善厨房"已成为陕西省慈善协会下属的志愿者服务队之一。很多志愿者都称托尼为"洋雷锋"，而实际上，托尼并不知道雷锋是谁："我是谁并不重要，重要的是我把自己的事情做好了，而且很开心。"

每个人都有一个自己的舞台

孙道荣

　　他拘谨地站在我的面前，脸上带着憨憨的讨好的笑，不停地搓着双手，显得局促不安的样子。我犹疑地看看朋友，朋友看出了我眼中的困惑，拍拍他的肩膀，对我说，他是我工地上最好的水电师傅，漏水那点小事，保准他手到擒来。

　　家里卫生间滴滴答答漏水，已经很久了，找过物业，找过家政，都没找到症结。朋友听说后，向我推荐了手下的一名水电师傅，夸他手艺如何如何好。可是，站在我面前的这位水电师傅，样子看起来就木木讷讷，老实得连话都说不利索，他能行吗？

　　走进卫生间。他放下工具，蹲下身，侧耳倾听。我也在他身边蹲下来。滴滴答答的漏水声，若隐若现，忽大忽小，飘忽不定。然后，他站起身，手拿一把小木槌，这里敲敲，那里捣捣。我对他说，以前来过几个师傅，也是你这样四处听听，敲敲，捣捣，最后，到底是哪里漏水，却没找出来。话里是对他的做法，也不信任。他只是轻轻哦了一声，头也没抬，继续一块块瓷砖敲过去。忽然，他在墙角的一块瓷砖前停下，弯下身，将耳朵紧贴在瓷砖上。我张开嘴，想告诉他，那个拐角，别人也检查过了，没问题。他摆摆手，示意我别出声。倒指挥起我来了，我没好气地瞥了他一眼。听了一会儿，他直起腰，语气坚定地对我说，就是这儿，下面的水管破裂了，需要将这几块瓷砖都敲了，才好修。真是这儿吗？真要将瓷砖敲了？是的！他的口气不容置疑。如果你确定，那就这么干吧。

　　他挽起袖子，从工具包里，拿出小榔头，凿子，开始敲瓷砖。没想到，一

153

干起活，他就像彻底换了一个人一样，完全没有了刚见到我时的拘谨、木讷和局促。只见他左手握着凿子，右手挥动榔头，一棰棰准确有力地敲打在凿子上，在凿子的重击下，瓷砖一块块碎裂，飞溅。汗水很快布满了他的脸，他浑然未觉，继续有节奏地敲打着。一个多小时后，埋在地下的水管终于暴露了出来，只见水管拐弯接头处，正不停地往外渗着水。他抹一把脸上的汗珠，又露出了憨厚的笑容，你瞧，问题就出在这儿。还真被他找到症结了。得把水阀关了。我闻声赶紧跑到厨房去关总水阀。他指指水管说，这个水管弯头老化了，必须更换了。我点点头。找几块干布给我，将水擦干了。我忙去找干抹布……当我将抹布递给他的时候，他忽然有点尴尬地笑笑，不好意思，把你当徒弟使唤了。我笑着摇摇头，你这么辛苦，我也出不上什么力，递递东西，是应该的。

他继续专心致志地埋头干活。我无所事事地垂手站在一边，从侧面看，他的神情如此专注，如此投入，如此专业，仿佛不是在修理漏水的水管，而是在做一件什么了不起的大事情。我忽然意识到，也许对他来说，这就是他的舞台，只有在这个舞台上，他才有可能成为主角。也只有站在自己的舞台上，他才会显得那么干练，那么自如，所有的拘谨、木讷、局促，以及仿佛与生俱来的自卑感，都瞬息离他而去。

其实，每个人都有这样一个属于自己的舞台。

单位边上有个停车场，收费员是个四十多岁的农民工大姐，平时看到她，都是一脸卑微。可是，当指挥一辆辆汽车停进车位的时候，她的声音忽然变得坚定而响亮，指挥的动作，特别准确、到位、有力。这个从未摸过汽车方向盘的中年妇女，在她的舞台上，气定神闲，像个指挥千军万马的将军。

我的一位老乡，在小区边上开了一家小吃店，他生性内向，讲话还有点娘娘腔，很多人看不起他，可是，他家的小吃，却是这一带味道最好的，尤其是他做的拉面，又细又匀又有劲道，回味无穷。而看他做拉面，更是一种独特的享受，一揉，二拍，三甩，四抛，五拉，六盘，七飞，八削，一招一式，无不充满阳刚之气，力量之美。在他的舞台上，他的这一连串"表演"，简直让人眼花缭乱,气吞长河。

　　与那位水电师傅一样,他们都是为了生计,从遥远偏僻的乡下,来到了城里,在繁华、热闹、时尚、激情的城市街头,他们往往局促而无知,可笑而笨拙,憨厚而木讷,土气而无趣,显得与周遭的一切都那么格格不入。可是,请不要轻视他们,更不要鄙视他们,那不是他们有什么错,而仅仅可能只是,没有给他们提供一次机会,一个舞台。我们经常在这样的地方看到他们的身影:嘈杂的工地、混乱的菜场、轰隆的车间、肮脏的马路、黑臭的下水道……对他们来说,那也是舞台,而只要有一个舞台,他们就总是努力将这个角色演绎得最为精彩。

　　因为,在他们心里,也有一个舞台,有一个人生主宰的梦想。

尊严不是东西

张峪铭

尊严不是东西。因为尊严常常不是用肉眼能看的，而是用心感受的。

我不想搬出砖头似的工具书，来查找尊严的前世今生。但我想以经年的阅历和历史知识，从感性的角度去了解尊严。尊严不是东西，那么尊严到底又是什么东西？像一个农人耕着自己的一亩三分地，过着无求的日子；像一个书生读着自己的子曰诗云，守着安贫乐道的生活；像一个乞丐，不吃嗟来之食；如一个史官，不改一字的事实……

说起史官，在李承鹏的《全世界人民都知道》这本书中讲了一个老故事，之所以说它老，不是因为年代久远，而是因为它比大熊猫还稀少，因而尊贵。《左传》记载，春秋时期，齐国的齐庄王与重臣崔杼的妻子棠姜暗通款曲，崔杼捉奸在床，乱刀砍死了他们。太史官在竹简中道，某年某月的某一天，崔杼弑君。崔杼与太史官说，能否改为"齐庄公患疟疾而死"？太史官说不行。崔杼于是将其杀了。按规定太史官的弟弟继职。崔杼问史官，改不？新任史官依然在简中记道：某月某日，崔杼弑君。崔杼又将史官杀了。等最小的一个弟弟任史官时，依然坚持事实。崔杼无奈，只好给他放了。

这故事我看得心惊肉跳，这三兄弟怎么这么傻呢？领导要做的事，你改了，领导满意了，高官厚禄也许等着你。当下有这等好事，唯恐尽心不及。不信回想一下，常有报道诸如什么按某官意图改档案，按某人想法改判决，按某人职位编谎言……给你蝇头小利，甘为他人鹰犬；给你金钱美色，愿意俯首帖耳……些小诱饵，就将什么尊严、道义、责任、法律丢掉了九霄云外。若有性命之忧，我想这些宵小们，早就双膝扑地，磕头捣蒜了。可令人感慨的是，齐太史官殒身不恤，秉笔直书，简直让人不理解。更不理解的是齐国的南史官专程从南方赶来，称若小史官被杀，他接着去记。这些史官们，为守住史官的职责，趋之若鹜，简直就像飞蛾扑火。难怪杜甫诗中有"祸首燧人氏，厉阶董狐笔"了。因为有火飞蛾丧生，因为有董狐之笔让人殒命。

春秋战国时代，思想活跃，百家争鸣，纵横捭阖，贤人辈出。仁、义与杀伐混杂，奸、贤与王道并行。那是一个朝秦暮楚的时代，是冰与火交融的时代，也是一个张扬个性的时代。为了一个"义"和尊严，往往是舍生取义，舍生命取尊严。晋国的董狐就是这样的人。晋灵公七岁登基，由赵盾辅佐。赵灵公成年后，荒淫无道，不但不听赵盾规劝，而且还要杀赵盾。晋灵公的姐夫赵穿得知后，上庭进谏与之争执，就杀了晋灵公。史官董狐直书，"赵盾弑君"。赵盾说晋灵公非为我杀，何谓弑君？董狐说，身为相国，未加阻止，幕后之嫌，难辞其咎。所以后人有"在齐太史简，在晋董狐笔"的说法。

有时维护事实的本身，坚持自己的职责，保持自己的操守，是需要一定勇气的。当强权将你的尊严逼到了死角，当暴力将你的生命视为草芥，你是放弃原则，顺从上意，还是坚守职责，保持尊严，上述的史官无疑是维护历史文化尊严的翘楚，其精神也成了一座令人景仰的历史丰碑。

可在某些人看来，尊严是个像商品一样用来交换的东西。这让人想起了一个古代笑话，一个裁缝给县官做衣服，裁缝问他，穿此衣服是见上级还是见百姓？县官不解。裁缝说，见上级一般哈着腰，前襟可裁短点；见老百姓一般是挺着肚子昂着头，前襟要做长些。这个故事折射出了这样一个事实，当官场的生态环境恶化时，有的人尊严具有选择性，对上峰他抛却尊严极尽谄媚之能事，等谋得位置，对下级又护着尊严，穷其为官之威风。这种遇强则无，遇弱则有的尊严，是一种地地道道的伪尊严。

其实尊严是无欲之刚，尊严是千仞之壁，尊严是山巅上的傲骨松，尊严是冰山上的洁白莲。尊严是李白的"安能摧眉折腰事权贵"的洒脱，尊严是钱厮宁可饿死也不吃"嗟来之食"的骨气，尊严是傅雷夫妇宁死不受辱的清高，尊严是香港主权不容谈判的勇气……人有尊严，民族有尊严。没有尊严

的民族任人鱼肉，没有尊严的人是行尸走肉。

当然尊严不是唯我独尊，妄自尊大，尊严也不都是宁可玉碎，不可瓦全。虽然尊严是比较自我的价值认同，但生活的艰难有时不可能不低下头颅，但决不能低到裤裆里。不管是谁，置尊严于不顾，即使得到了一些，内心也会时有怯弱与愧怍。如一代才女张爱玲为爱"低到尘埃里"，其结果也被胡兰成弃之如履。丢掉尊严的爱，其结果都被爱所丢。除非你心甘情愿做爱的奴隶，若有一点拾起尊严的想法，这爱就不能维持。

尊严看不见、摸不着，因为它是无形的，但尊严有时又看得见、感受到，因为它通过一些言行能表现出来。尊严不是东西，但人需要它。因为人不仅活在物质世界里，他需要生命权利的被尊重。正如生命需要粮食、水，也需要自由、空气和阳光一样。

母亲送我三句话

张燕峰

母亲出身于书香世家，见识自然非同一般。母亲最突出的特点是善做思想工作，因此在乡间颇负盛名。邻里纠纷，婆媳矛盾，母亲寥寥数言，便能四两拨千斤，化干戈为玉帛。母亲的话朴素而又耐人寻味，令我受益无穷，尤其是在我迷茫时，母亲送我的三句话，至今记忆犹新。

心小，小事则大

小学毕业后，我到离家二十多里外的国办中学读初中。第一次离家、离开母亲，最初的兴奋劲过去不久，我便陷入了苦恼之中：宿舍的孩子们不爱打开水，而我一打上，她们就一哄而上，有时连我也喝不上几口；教室里做值日，每次都是我干得最多，尽管如此，可还是被同学们暗暗嘲笑为"二"；学习委员学习不怎么样，却傲慢无礼，盛气凌人……

回到家里，我便含着眼泪，絮絮叨叨地，向母亲哭诉所受的种种委屈。本以为会从母亲那里得到些许安慰，没有想到母亲声色如常，若无其事地牵着我的手来到院子里，随手捡起一枚小石子，向门口潺潺东流的小溪用力掷去。只听"扑通"一声，水花四溅，平静的溪面激起美丽的涟漪，一圈又一圈。

母亲微笑着问我："如果这枚小石子投到大海里，你能想得出会是怎样的情形吗？"

我皱着眉，沉思了一会儿，说："大海水深，应该听不到'扑通'的水声吧，也许连个小小的涟漪也不会有吧？"

母亲赞许地点点头，接着说："同样的小石子，为什么会有这样的差别呢？关键在于小溪和大海的不同。你所受的委屈就如同那枚小石子，如果你的心像大海一样宽广、辽阔，你还会为这些小事情烦恼吗？"

见我低头不语，若有所悟，母亲停顿了一会儿，意味深长地说："心小，小事则大；心大，大事则小。"

从此，我便时时用母亲的这句话来勉励自己，再也没有计较过身边的鸡毛蒜皮，再也没有为琐琐碎碎烦心过。相反，我的胸怀越来越宽广。多年后，当读到雨果先生的那句至理名言"比海洋广阔的是天空，比天空更广阔的是人的心灵"，我心中震撼不已，母亲的话不是与之有异曲同工之妙吗？

自负是篱笆

读初三时，我的数学成绩非常好。数学课上，老师讲着，讲着，便讲不下去了，就在他抓耳挠腮之际，我轻声几句，老师便茅塞顿开，难题便迎刃而解。这样的次数多了，同学们有不会做的题就不再找老师，而是直接请教我。

时间久了，我便骄傲自大起来，心里自然十分鄙薄数学老师。

周末回到家里，当我毫无遮掩地嘲笑起老师的时候，母亲显得忧心忡忡，领着我来到院墙外的篱笆边，问我："篱笆有什么作用呢？"

我一愣，这样简单的问题还用回答吗？于是满腹狐疑地望着母亲。"这篱笆挡住了牲畜，也挡住了造访的客人，而你一不留神也会被它扎伤。自负就是篱笆。你排斥了别人的缺点，自然也将别人的优点拒之门外，时间久了，被扎伤的不是你自己吗？"

母亲的话不啻醍醐灌顶，我当即红了脸，深为自己的浅薄无知而羞愧。以后每当取得成绩的时候，母亲的这句话便会言犹在耳，振聋发聩。多年之后，凡认识我的人都夸我是个虚怀若谷的人，我便想到了母亲，想到这一切全得益于母亲的谆谆教诲。

宽容是绽放在心里的花朵

上高中后，我和学习委员都是班里的尖子生，学习成绩难分高下。每当领先我几分，她便对我笑脸相对；如果我超她几分，便对我怒目而视，甚至背后嘀嘀咕咕，说我考试作弊，甚至还编出了我偷改试卷的谎言……

初听这些，我的肺都快气炸了。心想：她怎么能这样呢？读了好几年书，难道不知道胜败乃兵家常事的道理吗？

当我把这些说与母亲听，母亲笑了，指着花圃里那些开得正艳的花朵说："走过去，嗅一嗅，有什么感觉？"

"好香啊，清香袅袅，沁人心脾。"我用力翕动鼻子，陶醉了一般说。

母亲说："宽容就是绽放在心里的花朵，宽宥别人的过失，你的心中才会芬芳袭人；如果你时时记着别人对你的伤害，无异于粗硬的绳索捆绑了自己的心灵，把它囚禁在暗无天日的大牢里，你的心就会漆黑一片，永远不会飞翔。"

我恍然大悟，从此无论我的成绩如何，总与她坦诚相待，最后我们俩成了最要好的朋友，双双考上了大学。

"孟母三迁、孟母断织"的故事在中国可谓家喻户晓，妇孺皆知，因此，孟母被后人尊崇为母教的典范，可在我眼里，我的母亲无疑是现代版的孟母。

母亲教给我许多为人处世的道理，让我终身受益，我为有这样的母亲而自豪。

第六辑

结疤的地方最硬

人生没有永远顺风的船，激流，险滩，暗礁，随处可遇。在这些困难和挫折面前，不要灰心丧气，而是要擦干泪水，昂起头，重新笑对生活。别忘了，结疤的地方最硬，你受过的每次伤经历的每次痛，必定是你人生的一笔宝贵的财富，是你最珍贵的一次历练。

走自己的路，让西瓜去说吧

结疤的地方最硬

张燕峰

那一个夏天，他遭遇了人生中最惨烈的失败。

同他合资做生意的伙伴，竟然把全部资金卷走，只留给他一个负债累累的店铺。听说他成了穷光蛋，那些昔日与他有生意往来的商家纷纷前来逼债，他说尽了好话，甚至要给人下跪，才勉强把要债人送走。可刚刚送走一批，另一批又接踵而至。那些天里，他瞪着一双血红的眼睛，嘶哑着嗓子，四处作揖，像一条可怜的落水狗一样，哀哀地央求人们能宽限他一些时日。

他悲痛欲绝，整日整夜地睡不着觉。更让他痛楚难安的还有妻子，妻子看见他成了彻头彻尾的穷人，料想他将来再无翻身之日，不愿与他过半天苦日子，决绝地与他办理了离婚手续，离家的时候，还把家中仅有的一点存款也取走了——那可是他准备东山再起的资本。他不明白，曾经柔情似水的妻子何以一颗心比冰还要冷硬，在别人对他从背后捅刀子的时候，漠视他的伤痛，非但没有给他半点抚慰，还竟然残忍地逼视着他，从正面把一把锋利的剑直插向他的心脏。

绝望，如春天的蔓草在他心灵的荒原上肆意地疯长，痛苦如潮水一样挟裹了他的心。他完全崩溃了，身体如一摊松软的泥，再也无法挺直地面对任何风雨。他信念的大厦完全土崩瓦解了，最信赖最亲密的人都会背叛你，在你猝不及防的时候给你致命的一击，这个世界上还有什么可以让你留恋的，你还有什么理由生存于世？

抱着这样的念头，面对别人的责难和愤激之词，他倒变得从容了，他把店铺抵押出去，把家具电器之类能变卖的东西都换成了现钱，尽可能地补偿

别人。做完这些，他换上了干净的衣服回到了他出生的林区。

抚摸着那些他出生后不久爸爸种下的那些小树，现在已是郁郁葱葱的参天之木，回想起在这些树下与昔日伙伴嬉戏的情景，还有爹娘慈祥的音容笑貌，一幕幕都历历在目，是那样亲切，是那样生动，似乎触手可及。

想到自己曾经信心满怀地走出这片林区，发誓一定要混出个模样，可现在呢，除了两手空空，还背负了一身外债及欠债不还的恶名，自己怎么就那么没用呢？想到这里，他禁不住潸然泪下。

整整一个下午，他徘徊在林间，反反复复，像个疯子一样，时而热泪纵横，时而破涕为笑，时而痛哭流涕。阳光在树叶上跳跃，斑斑驳驳的，像撒满了碎金子一样，温暖，迷人。他垂下头，一遍遍抚摸树干亲吻着每一片树叶，就像抚摸亲吻那些离世的亲人和成为美好过往的岁月，他在用这样依依难舍的方式来与他们深情作别。

黄昏渐临，林间有些昏暗。他找到一棵最粗壮的大树，依稀记得这棵树是爸爸妈妈结婚时种下的爱情树。物是人非，树一年年犹自繁茂，可爸爸妈妈早已作古。一种难以形容的虚无感像飓风一样掠过他的心湖：一切终将幻化为泥土。既然如此，何必还苦苦挣扎？何必还为情为名利困扰？

想到这里，他嘴角浮上了一抹冷冷的笑，说不清是在嘲笑自己还是嘲笑这个让他失望至极的世界。他从背包里掏出一根很粗的绳子，扎成一个环，向上奋力一掷，套在粗壮的树枝上，他纵身一跳，头套进绳环中。

他再次深情地扫视了一遍这片林区，然后微笑着慢慢闭上了双眼。

突然他重重地摔在地上。他睁眼一看，林区的伐木工老杨头不知什么时候出现在跟前，手里还拿着一把板斧。他嗔怪道："杨叔，不在您的小屋子喝酒，跑出来干什么？"

老杨头瞪着眼睛，粗声大气地吆喝道："我出来转转，没有想到看见你小子神神道道的。小子，咱林区走出去的每一个孩子，都应该像这里的树一样挺拔，有力，不惧风沙，不畏暴雨，一切的灾难都不能把它们摧折。"

他狼狈不堪地从地上爬起来，老杨头说："小子，走，陪叔喝酒去。"

他踉踉跄跄地跟着老杨头回到了那间林中小屋。屋里的陈设极其简单,跟他离开时,毫无变化。不同的是,老杨头更加苍老,已经是耄耋老人了。老杨头的故事他是知道的,年轻时一直做伐木工人,他的妻子忍受不了这里的荒凉寂寞,带着孩子回了城,再也没有回来过。后来有逃难的河南女子跟他结了婚,可这个苦命的女人生产的时候难产,林区没有会接生的人,老杨头眼睁睁地看着他的女人和婴孩母子死亡。

那些天里,老杨头萎靡不振,但是很快振作了起来,仍然整天笑呵呵地跟大家聊天喝酒。后来林区不再伐木,许多人纷纷离开,唯有他留了下来,做了看林人。

老杨头跟他絮絮叨叨地说着当年林区的一些陈谷子烂芝麻,他心不在焉地应答着。最后,老杨头喝尽了壶中最后一滴酒,摇摇晃晃地起身,脚步蹒跚地来到了屋外空地上。

月华如水,银色的月光铺满空地,树木就像笼罩在一片洁白的轻纱之中,微风起处,传来沙沙声,似在演奏一曲小夜曲,轻柔,迷人。瞬间,他怦然心动。

这时,老杨头颤巍巍地举起一把斧子,砍起了一截枯木。他赶紧接了过来,用力地砍去。随着他挥动板斧,碎木屑四散扬起,枯木也断成了一小段一小段。老杨头走了过来,指着枯木上结疤的地方,说:"小子,砍砍这里。"

他顺从地举起板斧,说也奇怪,斧子落下去,那个结疤的地方竟然只留下一个浅浅的印痕,甚至连木屑都没有飞起,更别说断裂了。他不服气地再次用力,依然是浅浅的印痕。他第三斧第四斧砍下去,依然如此。

他颓然地坐在地上。

"傻小子,结疤的地方最硬。树如此,人也是这样啊。人生路上受点伤,经点痛,是最正常不过了。如果受到一点打击就想到逃避,那不就是懦夫吗?哪里还会有咱林区人的风骨?"

听着这个饱经岁月风霜的老人朴实无华的话,他的心像被什么击中了一样。他内心反反复复地咀嚼着,似有所悟。

　　第二天，他告别了老人，再次离开了林区。一个人只身南下深圳。三年后，他把当年的那些欠款加上利息全部还清。五年后，他已经是一家大公司的副总了。

　　当他意气风发地回到家乡，重新投资办厂的时候，他对每一个前来应征的小伙子说的一句话便是：结疤的地方最硬。

　　是啊，人生没有永远顺风的船，激流、险滩、暗礁，随处可遇。在这些困难和挫折面前，不要灰心丧气，而是要擦干泪水，昂起头，重新笑对生活。别忘了，结疤的地方最硬，你受过的每次伤经历的每次痛，必定是你人生的一笔宝贵的财富，是你最珍贵的一次历练。

那些不说话的老朋友

雨 兰

离开生长了十八年的农村老家,我居住在城市里也有二十多年了,每每在自家的小院里看到瓢虫、蝴蝶、蜻蜓等小昆虫们悠然自得地飞来飞去,心里总有种说不出的亲切感,仿佛它们是我久未谋面的老朋友。

瓢虫、蚂蚁、蜻蜓、蝴蝶、椿象、纺织娘……唉,这些亲切又熟悉的小可爱啊,它们也确乎都是我童年生活里的老朋友了,我沉默的老朋友,不说话的老朋友。

我喜欢过它们,观察过它们,热爱过它们,也曾经捉弄过它们,甚至,伤害过它们。我称呼它们为老朋友,多少总有些一厢情愿的意思。因为实在没法征询它们的意见,不知道它们是视我为友还是为敌。

一厢情愿就一厢情愿吧。我还想一厢情愿地细细说起它们,想念它们。

瓢虫是我小时候最喜欢也最熟悉的了,它们长得可真是小巧精致、俊模俊样的,特别招人喜欢呢!数一数瓢虫们那艳丽华贵的红色甲衣上的黑色星辰,这几乎是我看见它们的第一个反应,有时候明明知道它们就是七星瓢虫,我也要固执地数一数,一二三四五六……数到七的时候自己似乎有一种说不出来的满足感。我喜欢悄悄地观察它们,看它们在草叶上轻巧地漫步,那些细细的小腿有条不紊,配合和谐,富有节奏,多么有趣;看它们先是红袍上扬,然后轻轻展开贴身的羽衣轻轻飞起的姿态,真是优雅又迷人。有时我把一只瓢虫放在掌心里,让它在我的手掌上散步。有时我也瞎想,这么小巧可爱的东西,是怎么捕捉、吞吃蚜虫的?大约不会如我看到的这般文雅迷人吧。

蜜蜂们总是有着勤劳的好名声。在小学课本里，在大人们的话语里，蜜蜂一直是勤劳的象征。"小蜜蜂，采花蜜，忙到东来忙到西……"这也是我们小时候经常唱的歌谣，尽管那个年代，很少有小孩子能吃到甜甜的蜂蜜。但孩子们还是大都比较喜欢蜜蜂的，蜜蜂们长得美丽又小巧，嘤嘤嗡嗡的声音也很好听，苍蝇也是嘤嘤嗡嗡的，但是，谁都不喜欢。小孩子们当然也知道趋利避害，蜜蜂虽然长得娇俏可爱，但它有可怕的蜂针，不小心被它蜇一下就是一个疼痛的大包，谁都不肯以疼痛换取快乐，所以再顽劣的孩子对蜜蜂也总是敬而远之，轻易不敢招惹它们，况且我们也知道，蜇了人的蜜蜂，它自己也很快会死去的。除了蜜蜂，我们常见的蜂类还有马蜂和土蜂，它们两个就不受孩子们的喜欢了。那时候，家里的房子，墙壁还是土坯墙。在这土坯墙上，我们发现了马蜂和土蜂的秘密，原来，上面那一个个圆圆的小洞，就是它们的家！怪不得我们经常在小院里看到它们的身影，我们有点害怕它们，担心被它们蜇了，它们贪吃院子里甜甜的大红枣，也听说，它们还经常会欺负蜜蜂……于是，我们悄悄用湿泥块或者粗细差不多的干树枝把那些洞眼堵住，看到归家的土蜂和马蜂们嗡嗡嘤嘤地打转，找不到原来的家门，心里暗暗得意：哼，走吧，走吧，这儿不欢迎你们，你们就另觅高就去吧！

用大笤帚扑捉蜻蜓，是一件讲究技巧的活计，也是儿时的乐趣。夏天的黄昏时候，在村子里的一些空场地上方如果看到低飞的成群的蜻蜓，预示着会要下雨，而这时的蜻蜓也比较好扑到。对，是扑。小小的身材举着庞然大物似的长把笤帚，摇摇晃晃，一不留神也会把自己扑倒，啃上一嘴巴泥土的。有一种身体通红的蜻蜓特别漂亮，体形也小巧，但是这种火红的蜻蜓数量稀少，也都特别警醒，很难捕捉到。知道蜻蜓是益虫，捕捉来后我们也只是拿在手里仔细地看一看，抚摸一下那薄薄的在阳光里亮闪闪的翅膀，宝贝一会儿，然后就放掉了，倒也没有什么恶意。但有时候难免要伤害它们，用劲猛了，会把它们扑死在大笤帚下面，心里也会难过一阵子的。农村夏天里蚊虫特别多，蚊子吸人血，还传染疾病，最可恶了。虽然晚上睡觉撑着蚊帐，但蚊子总是刁钻机灵，不知用了什么魔法偷偷钻进蚊帐里去。听说蜻蜓喜欢捉

蚊子吃，我也曾捉了一只蜻蜓晚上放在蚊帐里，可是第二天早晨依然看到几只蚊子鼓着满肚子的血趴在蚊帐上，这蜻蜓，它一晚上根本就没有什么作为。我也只好把它放了，一点也没有难为它。

蚂蚁们最是其貌不扬了，而且它们家族庞大，蚁口众多，似乎在哪里都能碰得到它们，看来，它们的活动地盘比我们人类要广阔多了。如果大人们说，某某人在看蚂蚁上树了，那八成是讽刺人家懒散，不爱干活。可小孩子们看蚂蚁上树、看蚂蚁搬家、看蚂蚁拖动死苍蝇饭粒等，那是再寻常不过的事，也是孩子们的乐趣。两只蚂蚁相遇总是相互碰一碰触角，像两个好朋友见面握握手一样，我觉得特别有意思。祖母辈的老人们通常会叮嘱我们，不让我们伤害蚂蚁，她们说蚂蚁是玉皇大帝的兵，可我们那时居然也信了，从不故意伤害蚂蚁。现在想来，那其实是老人们的慈悲，是对弱小生灵的眷顾，也是对于生命的原始敬畏，特别是对于蛇、黄鼠狼等动物，认为它们都是有灵性、有仙气的。小孩子总归是顽劣，虽然并不故意伤害蚂蚁们，但有时也喜欢拿白色的樟脑球捉弄蚂蚁。用樟脑球在地上画一个小圆圈，把一只或者多只蚂蚁围住，蚂蚁跑到樟脑球画过的线上，嗅一嗅，赶紧折回去，如是反复几次，等樟脑球的气味没有威慑力了，蚂蚁才迈着小碎步慌慌张张地跑到了圈外。有时直接就把樟脑球放在正辛苦奔波的蚂蚁面前，害得它赶紧掉头仓皇而去，自己则乐得哈哈大笑。蚂蚁，这些喜欢聚族而居的地球上的小公民们，由于它们把家都安置在地下，平时大都分散辛勤奔波在各个劳动场所，无声无息，只有在我们看到它们搬家时的阵容，才会惊讶于它们家族的庞大和蚁口众多。密密麻麻，黑乎乎一大片慢慢移动。那真是叫个壮观！记得有一次，在用小铁铲挖爬蝉时，我曾挖开过蚂蚁的老穴，看到了它们地下迷宫似的家，也看到了迷宫的地道里排列着的一只只白色的蚁卵，还看到了比一般蚂蚁要大许多的蚁后，蚁后虽然不轻易出巢，不用在外面为寻找食物抛头露面、辛劳奔波，似乎是在地宫里养尊处优、坐享美味，但要承受生育的辛苦，短暂的一生里，要生育多少后代啊！想想，蚁后也真是很不容易。

蜥蜴是麦收季节在麦垄里最常见的一种小动物，样子有点像壁虎，但是

比壁虎的个头要大一些。男孩子们喜欢捉它玩，或者搜集它的小尾巴，带回家截断了喂小鸟。在麦地里，大人们经常也顽皮，看到蜥蜴也会迅速地把一双大脚飞过去，踩住它的尾巴，或者是手中的镰刀飞过去，这时它的尾巴就会掉下来，然后自己惊慌失措地跑掉，掉下来的那截尾巴会在地上跳舞，要跳上那么一两分钟呢，然后就轻轻倒下了。据说蜥蜴的尾巴断掉之后，过不久就会长出新的尾巴来，那真是好大的本领啊。

我小时候生活过的小院里种着一棵很大很大的椿树，粗粗的树干我一个人搂抱不过来。椿树上经常见到的一种小虫，我们叫它白胡子老头，学名应该叫椿沟眶象，模样儿长得很俊，也很可爱，我们喜欢捉它玩。它还会跟我们玩一种可爱的把戏：装死。谁会对一只死掉的虫子感兴趣呢？可是我们知道它玩的把戏，看穿了它，依然要把它捉了玩，所以，它死了一会儿之后，大约是觉得自己逃生无望它就很无奈地又复活过来了，它的把戏就这么简单，我们玩一会儿新鲜劲过去了，仍然把它放了。

秋天里最常遇见的一种黑褐色的虫子，貌不惊人，但技能压众，不仅能飞能蹦的，而且若是你一不注意碰到它还会发射熏人的臭气，我们叫它臭大姐，其实它也是椿象的一种，是成虫。就像美丽的蝴蝶是从毛毛虫变来的一样，这臭大姐是不是白胡子老头变来的，我到现在也没有搞清楚。因为臭大姐的身上经常散发出一种刺鼻的怪味儿，我们是唯恐躲避都来不及的，谁也不喜欢招惹它，那种熏人的怪味儿谁都不喜欢。尽管谁都不喜欢遇到它，可它偏偏喜欢凑热闹，自己一股脑地往我们的屋子里飞不说，还经常悄悄地隐身在我们晒在外面的被子上、衣服上，收拾衣物时不注意就带进屋子里，不经意会碰到它，然后它就自卫地发射臭气，要捏着鼻子好一会儿，要不停地说几句：呀，香大姐，香大姐……那怪味儿才慢慢消散掉。

秋天里还能捉到纺织娘。纺织娘是小女孩子喜欢的，大人们看见了也常常帮忙捉了它，把它插在一片薄薄的竹篾上，嗨，那时只顾自己玩得开心，也根本没想到，它会有多么疼！它该会有多么疼，却一句也不能说出来。纺织娘长得一副温柔贤惠的小样儿，一身乌亮的盔甲酷意十足，其实它在纺织

着什么呢？它的小小纺车上空空的什么也没有，不像奶奶的纺车上，有棉线，有锭子，奶奶轻轻摇动纺车，嗡嗡个一下午就能纺出一个洁白的线锤子呢！纺织娘纺织了一天什么成果都没有，真是为它遗憾呢，好在它自己一点也不介意，但它们纺织时的嗡嗡声很好听。

入了秋之后，蛐蛐们就明显地活跃起来，它们是乡村大地上的演奏者，整个大地都是它们广阔的舞台呢。静谧的秋夜里，因了这蛐蛐们奏出的交响，平添出乡村的宁静和安详来。晚上，枕着蛐蛐们的交响进入梦乡，那也是很惬意的。许多男孩子喜欢捉了来养着，喂它嫩青菜叶儿，喂它南瓜花吃，几个人扎堆，斗蛐蛐玩。我没有养过，有时喜欢看男孩子们斗蛐蛐，也是很有意思的。

童年的那些不说话的老朋友，也是数不胜数呢！大自然的生物真是千奇百怪，奥妙无穷，它们——那些不说话的老朋友，是孩童时代的我们认识大自然的可爱窗口，它们的小小身体、小小生命，在自然的大课堂上，给了我们最生动、最形象的展示，让我们认识到大自然的丰富多彩、妙趣横生。在那时的童年生活里，没有布娃娃、小汽车、魔方等玩具，也没有图画书等可供儿童阅读的书籍刊物，但有瓢虫、蚂蚁、蜻蜓等这些不说话的朋友陪伴，也是丰富多彩的，也是充满乐趣的，感谢你们，亲爱的瓢虫、蚂蚁、蜘蛛，给了我多彩多姿的童年生活，给了我生动形象的教益。因为有了它们，我的童年生活才从来没有感到过孤单、无聊。

在许多年之后，当我读完法布尔的《昆虫记》，当我爱上了儿童文学的写作，让我写了一首又一首童趣盎然的儿童诗，当我完成一篇又一篇生动丰盈的儿童散文，我再一次感谢你们，亲爱的不说话的朋友，感谢你们给了我美好温馨的回忆，给了我写作的灵感和素材。当然，还要请求你们原谅，原谅我曾经的年少无知，我的顽劣，我的伤害。

找到适合自己的那把刀

李红都

少年时就爱上书法的他，因为家贫，没有闲钱买墨水和纸张。母亲便找来一支别人废弃的毛笔，用小桶盛了淘米水，让他在家里的水泥地上练字。

有了写"水字"打下的书法基础，他的作业字迹俊秀、结构洒脱，看着让人心情舒畅，是老师最喜欢批改的那一类。

上了高中，他从《书法》杂志上初次认识并了解了篆刻艺术，那些刀法稳健含蓄、方圆互用的印章让他对篆刻产生了浓厚的兴趣。课余时间，他便找来削铅笔的刀片，在砖头和瓦片上刻了起来。

刀片很薄，一使劲，便折断了，家里好几把削铅笔的小刀都被他在砖头上刻字弄断了，怕妈妈训他，他只好撒谎说刀子丢了。

妈妈很快便发现了他的秘密，不仅没责怪他，还省下钱，给他买回了一把专门学篆刻的刀。他学篆刻的劲头更高了。

他找来一些汉印的篆刻作品，比着葫芦画起瓢。因为手法生疏，缺乏老师指导，指头被锋利的篆刀割破是常有的事。看着他手上深深浅浅的伤痕，妈妈心疼了。他却笑着说，这点儿伤算什么？

高中毕业，他没考上大学。本想复读再考一次，可是想到家里拮据的经济，还有正上中学的弟妹，他咬咬牙，把复读的愿望咽了下去。

他到一家工厂找了份钳工的工作，开始跟钳子、锯、锉刀打交道。劳累的工作没有消融他的梦想，业余时间，他仍然喜欢搞篆刻。但是工资除去生活费，大半用来给弟妹交学费了，市场那些昂贵的白钢篆刻刀，一直是他想要而不舍得买的奢侈品。

一个偶然机会,他将师傅干活报废下来的一把锉刀磨成了篆刀,想看看能不能代替白钢刀提高篆刻作品的精细度。没想到,这个小改革令他的篆刻作品质量猛升——笔画弯转更显自然,印面也更显得浑厚端庄。从此,用废锉刀改制的篆刻刀,成了他的"独家兵器"。

一把把废锉刀经过他精心改造,比价格昂贵的白钢刀还好使。意外的发现,令他兴奋不已,也给他的人生带来了转机。

公司重视企业文化,经常组织职工文体活动,在举办的几次职工篆刻比赛当中,他都名列榜首。那些绽放在方寸间的造型艺术,或厚重肃穆或圆润古朴,很见功力,很快,他成了公司小有名气的篆刻家,并渐渐走进了市篆刻协会会员的行列。

单位领导惜才,调他到政工科做宣传干事。工作性质和环境的改变,让他在篆刻艺术上有了更多提升和发挥才能的余地。但是,与身边那些高文凭的科班同仁相比,他明显底气不足:自己没后台、没文凭,在这个位置能坐多久?

一想到这里,焦虑便如潮水,从心底涌出。他拿起篆刀,闷闷不乐地刻着宣传标语。

突然,一个想法,如闪电,传过他的大脑:手里这把篆刀原来只是一把报废了的锉刀,价格远不如专业的白钢刀。但是,经过他用心地磨削改造,性能已超过了白钢刀。他为什么就不能把自己磨砺得比科班出身的宣传人员更有价值呢?

他开始找来专业的新闻写作书籍学习,不断提高自己写通讯、消息的能力。业余时间,他继续在篆刻上发展,并试着摸索一条将爱好与宣传工作结合起来的路子。

功夫不负有心人。一年后,频频在内刊发表新闻稿的他,走进了公司优秀通讯员的行列。公司安全月宣传,他精心篆刻出"安全是福";单位抓廉政教育,他又及时刻制出"镜鉴";春节,他乐呵呵地篆刻出"百佛祈福";五一,他又满怀激情地篆刻出"劳动光荣"……一枚枚印章,都是缩龙成寸的精品,

疏密有致，顾盼有情，饱含了他对企业深深的祝福。

在宣传工作上的出色业绩，让他这个没有文凭的"土八路"有了立足于科班宣传干事间的自信。他的职场路，因为他的努力，越走越宽。

业余时间，他广结善缘，积极参加省市级各类篆刻艺术比赛，作品被报纸专版刊登，姓名入编《中国现代书画篆刻界名人录》。之后，他加入了省篆刻协会，被业内人士推选为某书画院秘书长，他的篆刻作品被很多人高价收藏。一时间，出身卑微的他拥了众多粉丝的欣赏。

有人向他请教成功的秘诀，他笑着拿起那把篆刀：篆刻作品的成功与刀具的贵贱无关，关键是要找到最适合自己的那把刀。做人，也当如此，要想成功，只需认准方向，并努力将自己磨砺得比他人更有价值。

圣诞节前的秘密

汪 洋

　　望着波涛汹涌的大海，安德森徘徊着。到这里来，他并非要欣赏眼前这浩瀚壮观的景象，而是想把生命淹没其间。这段日子，安德森内心非常苦闷，由于策略不当，他的公司遭到竞争对手的强力压制，陷入了困境。为了不让家人担忧，他没把这一切告诉他们，在他们面前依旧强颜欢笑。为此，安德森感到更加疲惫。

　　渴望摆脱困境的安德森，想到了一个简单便捷的解决办法——结束生命。他选择让大海淹没他的生命，目的还有一个，借助汹涌的波涛力量把尸体卷得不知所踪，让家人以为他只是失踪而已，不会立即陷入巨大的悲痛中。想到家人，安德森忍不住掏出了妻儿的照片。照片上的妻子那么漂亮，儿子一副顽皮的神情。安德森非常爱他们，很想为他们创造美好的生活。而今，生意场上的失意，让他的想法眼看就要成为空想。妻儿曾经以他为傲，得知了他目前的困境，信心肯定会遭受打击的。前几天，儿子告诉安德森，说他们学校圣诞节期间要举行庆祝活动，特别邀请学生家长前往参加。儿子一脸自豪地说："爸爸，你这样厉害，肯定会让我的同学们羡慕我的！"……

　　突然，一阵海风吹来，将安德森手中的照片吹跑了。从痛苦的回忆中抬起头，安德森想找回妻儿的照片。这时，他看见一位披着长发的女子正缓缓走向大海深处。"她想干什么？难道她要自杀吗？"疑问迅速在安德森的脑袋里一闪而过。

　　情急之下，安德森大声喊道："喂，小姐！水里危险。"一边喊着，他一边

迅速冲向那位水已经齐腰的女子。冲到女子身边，安德森一把抓住了她的手。他气喘吁吁地说："为什么要自杀呢？生活多美好啊！"女子挣扎着大声喊叫："你为什么要救我，让我死吧！"安德森用力将女子拉回了岸边。

回到岸边，两人都湿漉漉的。看着救自己的男人，女子一脸痛苦："你为什么要救我，我决心要死的。"安德森仍旧握着女子的手说："生活有什么跨不过去的坎呢？无论经历什么艰难，生命都该是第一位的。"

女子沉默着，绝望地望着大海。安德森明白，想要断了女子的自杀之心，必须解开她的心结。眼前的女子容颜秀丽，会有什么不快呢？安德森十分纳闷。沉思半晌，理不清头绪的安德森问道："你愿意把痛苦告诉我吗？这样你会快乐起来的。"

女子侧头看了一眼安德森，眼睛里溢满忧郁。发现安德森并无坏意，女子声音嘶哑地说，她叫艾格莉，是一家商场的导购员，几个月前，她爱上了一位前来购物的男人。男人也说爱他，并和她同居了。同居后，她才发觉男人一直在欺骗她，他已经有了妻子和孩子，说和她结婚的话全是骗人的谎言。被她发现背后的秘密，那个男人显得更加厚颜无耻，说和她在一起，就是想玩玩而已，寻找刺激。艾格莉没想到爱错了人，她很为自己的选择痛苦。她真想一刀杀了那男人，发泄心中的怨愤。可她知道，杀人是犯法的。她想忘了那男人的伤害，总又忘不了。为了结束痛苦，心碎的艾格莉想到了自杀，想以结束生命的方式结束眼前痛苦的一切。

听完艾格莉的讲述，安德森很为那个男人不齿，竟对一位女子进行如此的情感欺骗。他知道，想要艾格莉抛开自杀的念头，就必须让她忘记那个男人带来的伤害。这样想着，安德森完全忘记了自己到海边来的真实意图，他只想怎样帮助这个可怜的女子，让她明白生活无限美好。注视着忧郁的艾格莉，安德森一边向她描绘生活的美好，一边痛斥那个感情骗子。然而，安德森的努力，似乎并未在女子心里产生多大效果。

"艾格莉，在没有爱上那个可恶的男人之前，你生活快乐吗？"安德森问道。

听过这句话,艾格莉一直不见亮色的眼睛突然一亮:"在未爱上他前,我很快乐!"在没和那个男人在一起时,艾格莉的生活真的很快乐,工作之余,和朋友一起聊天,一起游玩……一切的一切,无不洋溢着十足的快乐。想起过去点点滴滴的快乐,艾格莉情不自禁地说:"没有爱上他以前,我生活得很快乐!"

安德森真诚地说:"如今仅仅是他不在你身边而已。过去没有他时,你生活得很好,难道今后没有了他你不能依旧和以前一样生活快乐吗?"说完这句话,安德森突然想到了自己:"我来海边不也想自杀吗?我在劝艾格莉,为什么自己没想明白这个道理呢?在生意没有陷入困境前,我和家人不是生活得很好吗?"想到这,豁然开朗的安德森情不自禁地回想起了和妻儿一起的每个情节,一家人一起去游乐场,一起在家看电视……生活的每一刻,无不彰显了幸福。"如果今天我选择了自杀,这一切的幸福都会离我而去。我怎么能让幸福如此轻易地被自己毁灭呢!"安德森心想。

在解开艾格莉心结时,安德森也解开了自己的心结。两个因为自杀的人,随后在海边谈了很多关于生活的话题。谈到将来,安德森和艾格莉都觉得,他们应该好好活下去,生活的美好由自己创造,而不是别人给予。想明白这点后,他们脸上露出了快乐的微笑。在阵阵海风里,两人相视而笑,情不自禁把双手握在一起。安德森和艾格莉约定:好好活着,创造自己美好的生活。

回去后,安德森没把曾经准备自杀的事情告诉任何人,也没把自己在海边救了一个女子的事情告诉任何人。关于这,是他和艾格莉共同的秘密。随后的日子,生活的表面还和以前一样平静,但安德森的内心在经过那场生死挣扎后更加珍惜与妻儿一起的时光,同时他还把更大的热情投入到了生意中。经过不懈努力,他的生意渐渐走出了困境。生意有了起色的安德森,不时回想起海边邂逅的那位女子,不知她现在的情况怎样了。有一点他敢肯定,经历了生死挣扎的她,此时肯定很快乐。

在安德森的积极生活态度里,圣诞节到来了。圣诞节那天,他带着妻儿

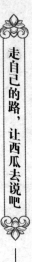

出去游玩。在人群里，他意外地看见了艾格莉，她一脸幸福地挽着一位面容祥和的男子的手。而这时，艾格莉也看见了安德森，并对着他轻轻一笑。安德森被艾格莉发自内心的笑感动了，也情不自禁地笑了。看到正会心微笑的安德森，妻子忍不住问："你在笑什么呢?"

安德森笑而不答。看着快乐的爸爸，儿子说："妈妈，爸爸一定是因为和我们一起过圣诞节而感到快乐!"听过儿子天真的话语，安德森亲着他的小脸说："是的，爸爸因为和你们一起而快乐。"

扭曲的爱

羊 白

林雅纯当着母亲的面把小提琴摔了。

比这更要命的是,林雅纯的牙缝里同时还窜出了一条蛇:变态。

这条狠毒的蛇,把林雅纯自己都惊呆了。

她僵在那里,眼泪顿时涌了出来。

母亲瞪大眼,哆哆嗦嗦了好一阵,看林雅纯抱头冲进了自己的房间,斜眼看了一会儿地上的琴,也不捡,跨过去,抹着眼泪进了妹妹林雅洁的房间。

林雅纯靠在门上,半天喘不过气来,眼泪哗啦啦地流,几乎就是瀑布。林雅纯手抓头发,告诉自己:在这个家里不能再待下去了,再待下去她会发疯的。

搬出去,搬出去。

这样的念头,林雅纯其实从参加工作那会儿就有了。可母亲一直不同意。说一个女孩子家,在外边住不安全,况且又花钱。母亲这么一说,林雅纯无话可说了。林雅纯从小就是个听话的孩子。父亲死的那年她才五岁,她并没有哭,只是害怕,她不能相信一个人睡着后会永远醒不来。为此她害怕一个人睡觉。和母亲和妹妹挤在一张床上直到她上初中。

确切地说,是妹妹林雅洁发病的那一年。那一年妹妹上初一,却偷偷恋爱了,而且是和一个初三的男孩。母亲知道这件事情后,把妹妹狠狠羞辱了一番,说再这样混账下去,将来只配去做妓女,做小姐。

妹妹不甚明白妓女和小姐是什么意思。但她从母亲的诅咒里,意识到了那是一种很脏的女人。奇怪的是,沉默寡言的妹妹并没有被母亲所吓倒,

而是继续和那个男孩偷偷摸摸，学习差得一塌糊涂。母亲恨铁不成钢，常常哭，常常骂。直到有一天，妹妹给母亲跪下来，当着母亲的面，把衣服全脱了，她大笑着质问，她是不是妓女？是不是小姐？她是林雅洁。她匍匐到母亲腿边，疯狂地拉扯母亲，要她看看她到底是干净还是脏？

那一刻的母亲，像一片树叶一样彻底被摇落了。

她不明白，从她肚子里爬出来的好好的林雅洁，怎么突然之间就成了一个疯子！她不相信。

她大叫：来人！来人！为什么？为什么？

屋里没有一个人。林雅纯学琴去了。

林雅纯常忍不住想，自己会不会有一天也成为妹妹？

这个家里，太需要一个男人了！这么多年，里里外外事无巨细都由母亲一手操办，母亲回到家里就是干活，干活。母亲的话越来越少了，目光越来越犀利，像一只老鹰一样紧紧地看管她们。后来，妹妹病了，母亲就主动上夜班，守着一台油脏的车床，一月挣那么可怜的几百元钱，母亲容易吗？

这一切林雅纯自小看在眼里，她不愿让母亲伤心。母亲一伤心她就不知所措，以为自己是犯了什么严重的错误。因此母亲让她干什么她就干什么。让她考哪个大学她就考哪个大学。因此她加倍努力。尽力让母亲得到一点点可怜的骄傲。

按理说，如今自己已成为本地大学的一名音乐教师，母亲该放心了。但母亲都做了些什么？林雅纯想起来就难过。母亲把自己囚闭在家里。母亲赶跑了她的一个个男朋友。她不知道她在背后地里都对他们说了些什么。她觉得，母亲太过分了。凭什么她就断定别的男人配不上她的女儿？

凭什么？她不知道怎样的男人才能令母亲满意。母亲对这个社会存有了太多的敌意。

说好的，今天庞阔蓝到家里做客，母亲也满口答应的。林雅纯上了一趟卫生间，进卧室拿了琴，回客厅一看，庞阔蓝不见了，被母亲轰走了。

林雅纯质问母亲：为什么？

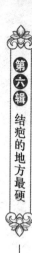

母亲的理由竟然是:庞阔蓝看电视时看女人的眼神不正常。

林雅纯当即把琴摔了出去。牙缝里就窜出了那条歹毒的蛇。

是的,林雅纯一直觉得母亲的心理有问题。可她说不出口。更不知道怎样来和母亲说。母亲一方面是这个家里的皇帝,一方面又是这个家里的乞丐。她把所有的心思都藏着,把所有的爱都给了她们。母亲太苦了!把她们拉扯大,容易吗? 她又怎么好去和她作对?

事实上,前些年,隔壁邻居给母亲介绍过一位退休老师,林雅纯认为挺好的一个伯伯,为人随和,说话也风趣。可到家里来过几次后,却被母亲莫名其妙地回绝了。事后林雅纯才知道,母亲是嫌那位伯伯和自己说的话多了,怕将来对自己图谋不轨。

林雅纯为此事和母亲几天不说话。她觉得她越来越看不懂母亲了。她不明白母亲为什么要把自己看得如此珍贵,绑得如此紧,不容自己有丝毫的喘息。她已经快三十的人了。难道,难道就因为她是她的母亲? 就因为她这么多年含辛茹苦不容易?

林雅纯想不通,这究竟是怎么了? 明明是爱,怎么却总是伤害!

她不清楚母亲的感受。母亲似乎从来不考虑自己。她把自己沉浸在母爱的艰辛和伟大里,一腔热情一如既往地要把她当成孩子。要保护她。疑神疑鬼。而间歇发病的妹妹,就像一个紫黑的幽灵,时不时刺激着这个家庭本就薄弱的心脏。

林雅纯自小就是在这个担惊受怕的环境里长大的,她不知道怎样才能从那洞穴里爬出来。她抓扯自己的头发,愈抓愈乱,没有头绪。她一遍遍问自己:如果自己搬出去,逃跑了,妹妹怎么办? 母亲怎么办? 她们可都是她最放心不下的人呀! 林雅纯泪如泉涌,边哭边想,感觉所有吃过的盐都从泪水里浸了出来。

哭着哭着,林雅纯猛然想到母亲,怕她出事。从房间出来,透过门缝,看见母亲正瘫坐在地上,似乎睡着了。而妹妹,把母亲的衣服扯开了,抱着她干瘪的乳房,正趴在那上面贪婪地吮吸,口含白沫,仿佛婴孩。

林雅纯看不下去了。

她的愤怒被再次点燃。

她抓起地上的琴。琴并没有摔断，只是断了一根弦而已。她疯狂地，像个艺术家那样摇头晃脑地拉了起来。

房间的各个角落很快就被一种恢宏的支离破碎的声音淹没了……

显 灵

晏 瑜

这天小晌午时，有一伙肩膀上挎着包袱的人，不急不慢地向万州城中走来。

"老爷，老爷！您快看那边……"进了万州城门后，刚拐过一个小街口，微服赴任万州太守的冯时行，正东张西望地观察着街景，走在前面的家丁赵成，忽然回身来喊着他，并指着几丈远处的一圈人给他看。

冯时行不看则罢，一看大吃一惊，只见一个胡子花白的老汉正赤着一只脚，手拿一只鞋子正在打一个中年男人的屁股。老汉边打边数落道："我打死你这个东西……我打死你……"

那汉子也不跑，竟撅起屁股任凭老汉打，每打一下，汉子就"唉哟"一声。

周围围了好多人，也没人劝解，老汉打了数十下，竟又用鞋底打起中年汉子的脸蛋了。汉子这回还是不躲，因被打得疼痛，就更大声地唉哟唉哟直叫唤。

冯时行感到又奇怪又不忍心，就上去劝老汉："老伯，这样行凶不行呀！有话好好说嘛。"可老汉头也不抬，边打边说："他就该打！不该打我还不打呢！这就是跟他说话呢……"

老汉仍旧吹胡子瞪眼睛地，狠狠打了汉子几下。冯时行就一把抱住了老汉，说："老伯息怒，别伤了身子。"老汉被拉着打不成了，就叹道："哎呀，这东西真气死我了……"然后蹬了汉子一脚，汉子摔倒了，老汉则"唉"地又长叹一声，一头钻进旁边的房子里去了。

冯时行又去拉挨打的汉子，那汉子站了起来，冯时行问他为啥被打，汉

子却低着头，不吭一声，随后，他转身也钻进屋子去了。可他刚进门，就被老汉从里面一盆水给泼了出来。

冯时行问众人是怎么回事，众人只是叹息，还有人说："他就是该打。"却没有一人说出是咋一回事。冯时行为了搞个清楚，抬起头，忽然发现旁边有个茶馆，就领着家人走了进去。落座后，要了一壶茶、两碟点心，边饮茶边向一个茶保询问刚才外面那场热闹是怎么回事。

茶保说："那挨打的汉子是老汉的儿子，因为他把老汉藏的一些钱，送给了一个模样水灵的女叫花子，老汉知道了，就心疼地打起儿子来了。"

冯时行说："这不是行善吗？好事呀！老汉咋这样伤心地打儿子呢？"

茶保说："因为那老汉今早晨才知道，那女叫花子，其实是假的，她也是为了讨要奉祀金，才扮装成叫花子骗人钱的。老汉的钱也是用来交全家的'奉祀金'的，现在没钱了，老汉又气又着急，只差撞墙了啊。"

"奉祀金？什么是奉祀金？"冯时行不明白，就让茶保说清楚。

旁边一个喝茶的红鼻子老头插嘴说："客官是外地人吧？你先看看对面那户人家的对联。"冯时行顺着老人的手指看去，那对联道："桃符万点，喜去岁五谷丰收；瑞气千条，盼新春五畜兴旺。"

"咦？不对仗呀！这是哪位先生写的这种对联？"冯时行大声说，"人们都盼六畜兴旺，可为何这里偏偏讲究五畜，这不合理嘛。"

红鼻子老头说："这不是先生不懂乱写出的对联，而是，大家很无奈，才这样写的。"老头叹息一声，说了缘故。

其实，并非万州人不喜欢六畜，而是不能六畜共旺。因为万州城里与乡镇村野，连一只狗都没有，狗儿几乎绝种了。造成狗儿稀有的原因，是因为万州有一个爱吃狗肠，阻碍狗类兴旺的大人物舞阳侯。

这舞阳侯，就是汉高祖刘邦的姨妹夫屠狗匠出身的将军樊哙。樊哙虽然后来跟刘邦建功立业，封侯晋爵位极人臣，可他爱吃狗肉的癖好，始终不渝。有一年，樊哙陪刘邦到蜀中，路经万州时，见到当地的狗儿又多又肥，掏出一把钱来，让随从操作大吃了好几顿狗肉。回到封地后，他每年都派人几

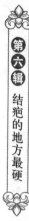

次到万州及蜀中采购狗儿享用。后来，樊哙年岁大了，就奏请吕后恩准令万州百姓在樊哙死后，要为他修建一座舞阳侯庙，每天奉祀狗肠子一盘。后来，樊哙死了，朝中真的下了令给万州，人们只得照办。人们还梦到樊哙来巡视，并嘱咐说不得中断，不得欺骗他，否则定降灾荒于万州。

后来，人们年年月月遵循了此种习俗，到当今时代，这一习俗已沿袭一千年了，万州城乡村野，人们已见不到狗了。可是，当地的官吏乡绅们，每年春节一过，都要收缴一年的奉祀金，去外地购买狗肠。万州百姓负担日重，每年每家每人摊派之事如期而至，人人惊慌，苦不堪言啊！

冯时行听到这里，喉咙一阵发堵。暗想，难怪刚才那个老汉如此折腾他的儿子，原来，他被人折腾得怕了啊！还有，人们为了凑齐"奉祀金"，竟然连坑蒙拐骗的招儿都使出来了。万州这块地方，真是复杂啊！自己还没上任，就先上了一堂民俗之课。都怪这个舞阳侯，他已死去了多年，还要骚害百姓，太不该了。

"如果哪家百姓不缴钱呢？"冯时行问。

红鼻子老汉显出悸色，"那就会遭遇报应，家里不遭灾祸死人，也会有人得病啊！"

"哦，挺灵验的啦。看来我要想在这儿住下去，就得好好祭祀祭祀神爷了。"唉！为人神者，生要爱百姓，死要护生灵，否则算什么神啊！冯时行心里暗想着，更没心思喝茶了，对红鼻子老汉深深一揖，说声领教了，付了茶费，心事重重地带着三个随从出了茶馆，直接往衙门上任去了。

冯太守上任后的次日下午，他一直在府衙后院里独个走来走去，属下见了也不敢打扰。

不知冯大人走了多少个来回，一抬头，突然发现不远处的竹林旁，他的随从赵成正在仰着头，逗一棵小桃树上的画眉鸟儿玩，由于赵成的画眉"鸣叫"声太像了，那树木上的鸟儿，竟然从高树上飞到低树上来了，而且越飞越近，几乎要跟赵成来亲近了。

太守忽然心里一喜，大声叫道："赵成，过来一下。"

赵成闻声来到了冯太守面前，不知何事，垂手怔怔地望着太守。太守打个再靠近来的手势，赵成赶紧走过来，太守便附耳对赵成低语了一番，赵成由惊怔转而点头，然后，两人各自散去了。

一晃过了三天。这天午餐刚吃过不久，东城门外的舞阳侯庙前人山人海。老百姓们从四方八面赶来了。因为他们都看到了新太守发出的告示，听说新任太守要祭祀侯爷神位，而且，去陪祭的人，只要是前100名赶到现场的，都会得到太守给的赏钱呢。

果然，时辰一到，只见新太守在随从们的簇拥下，乘轿来到现场。在震天撼地的鞭炮声中，太守走出轿子，庄严地整理了一番冠带，然后双手接过一个随从递过去的一个大瓷盘。

盘子里面满满装着一盘食物，他恭敬地捧着大盘，将食物送到庙门前台阶上的祭案上。

拉着，太守上完指头般粗的三根香，磕了三个头，这才大声说："舞阳侯神爷爷，新任太守冯时行前日到任，为了祈求神爷的保佑，我寻遍了万州辖内的郊野村庄及山岭沟壑，连拳头大的狗崽儿也没寻找到。没办法，我只好差人弄来一大盘肥油滚流的羊儿全肠，来奉祀神爷，望神爷笑纳，确保我万州百姓无灾无难，百业兴旺。本官新来赴任，如有敬奉不妥当处，请神爷谅解。"

冯太守话音刚落，只听一个哄亮粗壮的声音，从庙内传了出来："呔！大胆太守，你刚上任，竟敢以桃代李戏弄咱家。我告诉你这个新太守，现在已是宋朝了，我老樊离开万州神游故乡，早已有五百年了，你们还在此处捣弄些啥呀？既然万州已无狗，你们应当早日祷告我，让我通告你们早日拆除庙宇以安百姓。我老樊今日无事就偶然回来一游，没想到你新任太守，还在这里领带百姓，做此等傻事。莫非你也蠢啊？现在我正式通告你，命你从明日起，赶紧拆庙销像，免得他人借我的名义在我庙里胡来。我老樊可是眼里容不得一粒沙子的人，岂能让后人再把我一世英名毁尽？你明白了吗？"

"明白！明白！本太守一定遵命。"冯太守连连磕头，大声应道。

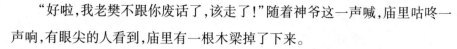
"好啦，我老樊不跟你废话了，该走了！"随着神爷这一声喊，庙里咕咚一声响，有眼尖的人看到，庙里有一根木梁掉了下来。

"啊？神爷显灵了！神爷显灵了！"周围的百姓吃惊之际，竟你推我挤，在庙前广场上跪下了黑压压的一片，纷纷边磕头边作揖。

这时，冯太守慢慢站了起来，大声说："父老乡亲们，刚才神爷的话，你们也听到了吧？本太守现在宣布，明天开始拆庙。"

"好的！"百姓们又是一声吼。于是，太守让随从们遵照诺言，立即给今日先到场的100名百姓，分别分发了10文钱。然后解散了大家。

次日，百姓们早早到来，大家七手八脚地一齐动手，仅用一天半时间，就拆了舞阳侯神庙。太守把亲手书写好的"六畜兴旺"几个字让手下人分发给百姓们，让每家张贴在柴房圈舍门外。百姓们无不欢呼雀跃。

此时，在一边欣赏着欢乐景象的冯太守，向随从赵成说："小赵呀，多谢你那天的精彩表演，把神爷的声音，模仿得多好啊！还说你从小跟你叔叔学过的口技没用处，前天不是大派上用场了吗？"

赵成竖起拇指说："那还不是大人您机智过人，想出了这一条妙计，又做了周密的安排与部署。虽是一个谎言，可是用心良苦啊！区区一条妙计，一举为百姓解除了负担，又为这方土地上的百姓，除去了一个千年陋劣的习俗啊！大人的功德，真是无与伦比的。"

难忘母爱

吴 华

母亲去世已十年了。这十年来，记忆和梦境总是让母亲的音容笑貌不时地在我脑海里回响、显现，让我真切地感受到那种无可奈何无法挽回又无比沉重的失落、悲伤与思念之情，让我悲愤难抑地诅咒 1998 年 1 月 23 日这寒冷凄凉的冬日，让我想起那天傍晚父亲因为母亲突遭病魔掳走生命后的过分悲痛而休克的凄惨情景……一想起这些，心儿就像在烈焰上烧烤后又在冰水中淬火一般撕心裂肺地难受，泪水每逢这时总会不自觉地润湿眼眶，心儿此时也总会在内心深处不住地慨叹："呵！妈妈，我的年仅 49 岁就不幸故去的妈妈呵！……"

我是在妈用慈爱织成的七彩光环下长大的。七岁时，我不幸染上肝炎，为让爸多挣点那并不值钱的工分，是妈妈背着我步行 18 里路赶到县医院去医治的。当妈背我到县医院大门口时，她的衣衫已被汗水湿透，过分劳累的母亲瘫坐在医院大门口的地上，大口地喘着气，过了好一会儿都无力爬起来，吓得我紧张地哭了起来，引得好多人围观，妈却像啥也没发生一样吃力地爬起来，牵着我的手苦笑着哄我："傻孩子，莫哭！妈这不是好好的吗?!"边说边牵我去挂号。后来，我由急性肝炎转为慢性肝炎，仍是妈带我去好多家医院，找了好多个"郎中"，尽家中所有寻偏方找名医求好药，吃了无数的苦，受了无数的罪。记得在我小学四年级时有一次，我因连续几天打针屁股打肿了连走路都痛，妈仍叫我到"赤脚医生"那里去打针，我哭闹着不愿去，妈见我如此禁不住流下伤心的泪，说"傻孩子，妈也不愿你去打针。妈还不是盼你的病早点好吗？……"无论妈怎样劝我就是犟着不去，妈没办法只好

强行背起我去打针。当时已 11 岁的我在妈背上蹦闹着,竟闹得妈一个趔趄摔倒了,右手肘关节处被地上的碎碗瓷片划了一个大长口子,鲜血直涌。我顿时吓呆了,心想这回挨顿揍是免不了了。可妈仅是狠狠瞪了我一眼,迅速回屋撕了片火柴皮敷在创口处用块布包扎了一下,就又牵着我去打针了。直到 13 岁上初一时我的肝病才治愈,但那过去的一幕幕一直定格在我的心灵深处,令我至今历历在目,终生难忘。

在那"学大寨"的年月,每到春上家中就闹饥荒。每天放学一回家,我和二弟就直嚷饿。每逢这时,妈总会从烧中饭的锅中捞上一碗稠粥放上一点盐或咸菜,有时还会放上一点菜油或棉籽油,一分为二端给我们俩,嘱咐我们吃饱后好好念书,做一个有出息的人。而爸妈与三位小弟仍就着咸菜喝米汤菜糊糊。当时我曾为此纳闷:天天喝这米汤菜糊糊,爸妈在生产队里上工怎么就一点都不晓得饿呢? 如今每当想起这些,我就后悔自己当初太幼稚无知,心中顿时油然而生一种敬意!

多年来,无论我是在读书还是后来走上工作岗位,妈都鼓励我多学习尽量干好工作。在我高考落榜后,是妈语重心长的劝导让我振作了精神。妈说:"每个人都有不经意跌跤的时候,不能跌倒了就瘫在地上爬不起来,最要紧地是要立即爬起来继续向前走。只有这样,你才是好样的!"当我的小小说《唉——》在四川一家杂志上发表后,不识字的妈妈竟把杂志社寄来的样刊反复端详了许久,任兴奋与喜悦之情毫不掩饰地溢在脸上。没想到此后不到一年妈竟被十恶不赦的病魔夺去了生命。要是妈一直活到现在看到我通过自学考试取得大专文凭,又在报刊上发表了近 30 万字的各类文字作品成为市作协、影视协会员,成为全省唯一在县级政府机关从事文秘工作的农民秘书时,她一定会高兴得不得了的。可如今无论我怎样,她都无法分享我的喜悦了,让我心中涌出深深的遗憾……

了解我妈的人都说——她这辈子仿佛是专为别人活的,从不考虑自己。记得在 1985 年我成为民师后,三个弟弟都先后初中毕业外出打工了,仅小弟还在读初中,家境比以前已大有好转。因此我们五兄弟常劝爸妈不要再苦

熬日月，要保重身体。可妈和爸仍在家每天吃咸菜干饭穿带补丁衣裳，面对我们的责怪也不以为然，总是说："你们的心意我清楚，无非是要我们吃好穿好，相信我们会关照自己的。只是你们无论在哪儿工作，都不能太寒碜了让人笑话。我和你爸都老了，吃好穿好也没用，你们五兄弟都大了，以后成家还要花很多钱，我们做父母怎能因家境稍好就大手大脚乱花钱呢？"一番话说得我们犹如鱼刺卡喉愣怔许久都说不出话来……

妈一生极少生病，平时偶尔有个头疼脑热她总是忍一忍就抵过去了。这一回妈是吃什么吐什么，可妈还是像先前一样忍着不愿去医院诊治，直到拖了好几天仍不见好转后妈才在我和爸劝说下由乡卫生院转到县医院。妈在医院里住院29天后竟被无情的病魔掳走了生命，这是我万万没想到的。面对妈脸上盖着的白被单和爸因这强烈打击而顿时休克的悲惨场景，我再也顾不得"五尺男儿有泪不轻弹"而大放悲声了……

一晃妈去世已十年了。在这十年中，我时常觉得妈仍在我身边，牵挂着我呵护着我。每当夜半一觉醒来，我都会情不自禁地朝窗口望去，仿佛妈仍站在窗前，仍像以前那样轻声唤我："华仔，夜深了，你该睡了，明天还要上班呢！"每当这时，我的心中总会自然地升腾起一阵阵的悲伤。妈在世时，我曾发誓要让她安享晚年以报养育之恩。不料妈这么早就故去了，让我再也无法在妈面前尽孝了，徒有空遗憾。因此，我这辈子再也走不出妈这充满慈爱与亲情的呼唤声了……

多少次，望着如血残阳，我独立黄昏把母爱追想；多少次，我对妻儿反复讲述母亲的话"做人要厚道善良"；多少次，我走过母亲的坟墓，总要深情地向妈感叹不能尽孝的遗憾；多少次，我把悠悠慈母情昼思夜想，并常常在痛悔中拥衾而坐，一任决闸的泪流淌……

四叶草的诺言

汪 洋

站在海边悬崖上,海潮疯狂冲击岩石的声音撼人心魄,阿提尔德无法抑制臆想:"也许跳下去,一切就结束了。"但他知道,他不能这样结束生命。想起一个多月前经历的失败羞辱,阿提尔德心里充斥着怒火。

阿提尔德原是纽约一家著名健身器公司的高级设计师。才华横溢的他拥有其他男人梦寐的一切——高额的薪水,漂亮性感的女友……在阿提尔德意气风发时,上帝和他开了个玩笑,让刚进入 30 岁的他遭遇了事业噩梦:费时 3 年多设计的一款健身器械,存在设计上的致命缺陷,对使用者健康有害,公司不得不因此召回产品,并对使用者进行赔偿,损失了上亿美元。在以往嫉妒者的嘲笑中,阿提尔德被解雇了,誓言"永远爱他"的女友也果断地甩了他。

"你们不让我好过,我也不能让你们过得轻松。"想起那些可恶的嘲笑者和无情的前女友,阿提尔德在心里对自己说。突然,身后传来甜美清脆的声音将他从报复的怒火中惊醒过来:"先生,你要做什么?"

阿提尔德回过头,一个身体显得有些单薄的女孩正紧张地注视着他。见他回过头,女孩张开笑脸,兴奋地说:"先生,你是想游泳吗? 我带你去浴场吧!"

海风吹拂女孩鹅黄的裙裾,使单薄的她增添了一股动感。女孩缓缓地走到了阿提尔德身旁。闻着她身上散发出淡淡香息,他心中的怒火竟然在刹那间平息下来,如同走进了美妙绝伦的画里世界。女孩告诉阿提尔德,她叫赛丽娅,是圣卡塔利娜岛疗养院的健身教练。阿提尔德有些费解:"你如此体弱,能做健身教练吗?"赛丽娅用明亮清澈的眼睛看着他说:"你想听听我的故事吗?"

赛丽娅本是国家体操队的头号种子选手。8年前，时年17岁的她正为即将举行的世界体操锦标赛备战时，突然晕倒在训练场上。医生在细致诊断后判定，她的双肺严重病变，不仅无法再支撑她进行高强度体育训练，还必须切除病变肺部。热爱体操的赛丽娅痛苦不堪，但她知道活着比什么都重要。因此，她无奈地选择了退役，并接受了肺切除手术。手术后，双肺只剩下五分之三的赛丽娅不想余生毫无作为，依旧热爱体操的她凭借丰富的经验，应聘到风景优美的圣卡塔利娜岛疗养院的健身中心。目睹学员在自己的教授下身体健康，赛丽娅非常满足，感到很快乐，觉得自己很幸运。

"你拥有完全健康的生命，可比我幸运多了！"赛丽娅热情地说。被赛丽娅故事感动的阿提尔德，这才明白，她以为他站在悬崖边是想自杀。回想起一个月前的经历，阿提尔德有些茫然："我幸运吗？"赛丽娅坚定地说："你真的很幸运！"

回旅馆的路上，穿过一片三叶草地时，阿提尔德发现赛丽娅在专注地寻找什么。良久，赛丽娅开心地叫道："终于找到了！"她俯身小心翼翼地将一株长着四片叶子的三叶草摘到手里。赛丽娅将四叶草递到阿提尔德手里说："四叶草又叫幸运草，现在你拥有了它，你会更加幸运的。"

看着赛丽娅，阿提尔德心里一动："和她相比，我的确幸运多了，至少我拥有健康！""如果你愿意，可以把苦闷讲给我。我是个很好的听众！"赛丽娅对陷入沉思的阿提尔德说。

被公司解雇和女友无情离开后，阿提尔德未曾将心事讲给任何人，他害怕看到别人眼里的同情和嘲笑。赛丽娅的微笑，让阿提尔德有了倾诉欲望，毫不设防地将遭遇的种种讲了出来，连报复心理也没有隐瞒。

赛丽娅纯净清澈的眼睛望着阿提尔德，轻声说："人生不可能顺风顺水，毫无波折。你想过没有，报复除了让你得到片刻快感，还能带来其他什么呢？一旦报复真正实施，你或许还会为此承受牢狱之灾。"赛丽娅的话，如一盏明灯，让阿提尔德心豁然开朗："她说得对，我不能去做报复谁的傻事。"

和赛丽娅的一席交谈，让阿提尔德觉得自己真的很幸运，他无法想象，

如果没有邂逅她,他今后的人生路会是什么样子。走出心理误区后,他继续留在圣卡塔利娜岛,整理还有些凌乱的心绪。他每天都要去疗养院健身中心锻炼身体,每天都要看到赛丽娅。由于不能剧烈运动,赛丽娅做示范动作时,总是手脚舒缓。这让她有种特别的魅力,阿提尔德看得心跳加快。走出迷茫的阿提尔德,也恢复了过去的诙谐幽默,深深地吸引着赛丽娅。在圣卡塔利娜岛上,心心相印的他们迅速沉陷到热恋中。对相恋的人来说,时间总是很快。

走出报复心理的阿提尔德,觉得自己应该再创事业。圣卡塔利娜岛尽管风景优美,却没有他的个人发展空间。因此,阿提尔德决定重返纽约。他觉得赛丽娅就是那个值得自己守护一生的人,向她求婚并邀请她一起离开。赛丽娅深情地看着阿提尔德说:"亲爱的,我暂时不能和你一起离开。如果你能在两年时间里亲自找到 100 株四叶草,我就答应你的求婚。在找到 100 株四叶草前,你不能联系我。这是对你是否真心的考验哦!"

阿提尔德热烈地说:"亲爱的,我一定会找到 100 株四叶草!"

上帝在和阿提尔德开了一次玩笑后,再次把幸运降临到他身上。回到纽约,他应聘进了另外一家健身器材公司。公司老板在阿提尔德坦然陈述曾经的失败后聘用了他。他没有让老板失望,短时间内设计出的几款新型健身器材,获得了良好的市场反响。专心工作之余,朋友们发现阿提尔德有个嗜好,喜欢到三叶草地里游荡。面对朋友们的疑问,阿提尔德浅浅一笑,什么也没说,这是他和赛丽娅的秘密。

被思念搅动的阿提尔德,很想给赛丽娅去电活,但想及她说的话,他忍住了。100 株四叶草并不好找,在纽约的大小花圃里,阿提尔德费时两年,终于找到了 100 株幸运草。他不想有半分耽搁,急忙休假前往圣卡塔利娜岛。在健身中心,阿提尔德没有见到赛丽娅。健身中心的负责人告诉阿提尔德:"赛丽娅半年前因肺病复发,离开了人世。离开前,她嘱咐我把这封信交到你手里。"

阿提尔德流着泪来到被一片三叶草环绕的赛丽娅墓地。在三叶草中

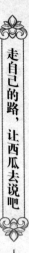

间，他打开了她的信："亲爱的，原谅我的不辞而别。两年前你离开时，我就知道自己肺部病变恶化，明白自己无法陪伴你走过一生。其实我好想陪伴在你身边，和你一起享受生活。但我不能让你看着我的生命走向枯萎，我想让你记住我最漂亮最美丽的样子。我害怕你回到纽约，在熟悉的环境里再度想起过去，再度生出报复心理，于是让你找 100 株四叶草，分散你的注意力。在平均 10 万株三叶草中间才有一株四叶草，要找 100 株，几乎不可能。我相信你在找四叶草时，一定会忘记过去的……亲爱的，我爱你！你一定要好好生活，你真的很幸运！"

阿提尔德擦干眼泪，将风干的四叶草放在墓碑上，喃喃自语："亲爱的，我真正幸运的是邂逅了你，是你让我走向平和，获得了希望和奋争的勇气！"